COURAGE

ET

PATRIOTISME

Par Victor DELCROIX

ROUEN

MÉGARD ET Cie, LIBRAIRES-EDITEURS

BIBLIOTHÈQUE MORALE

DE

LA JEUNESSE

—

1re SÉRIE IN–8o

Allez voir votre mère, dites-lui que vous serez officier,
et qu'elle sera secourue.

(Courage et Patriotisme.)

COURAGE

ET

PATRIOTISME

ROUEN

MÉGARD ET Cⁱᵉ, LIBRAIRES-ÉDITEURS

1880

COURAGE ET PATRIOTISME.

―ᵒꜙ❖ꜙᵒ―

i.

Les Gaulois. — Vercingétorix.

Quand nous assistons à une revue ou que nous voyons défiler, musique en tête, un de nos régiments, nous admirons la bonne tenue des hommes qui le composent, la précision de leurs mouvements, leur air jovial et résolu. Mais quand nous lisons, inscrits en lettres d'or, sur le drapeau flottant, les mots Honneur et Patrie, nous ne pouvons nous défendre d'une émotion qui prouve que cette belle devise est aussi gravée dans nos cœurs.

Il serait impossible d'énumérer les généreux dévouements qu'elle a inspirés, les grandes choses qu'elle a fait accomplir, car, dans tous les temps et chez tous les peuples, les héros n'en ont pas eu d'autre. Mais pour trouver de beaux exemples de courage et de patriotisme, il n'est pas nécessaire de remonter à l'antiquité. La France compte, à elle seule, une foule d'illustres enfants, nos maîtres et nos modèles. Les uns ont contribué à sa gloire par leur génie, leurs talents, leurs vertus ; les autres ont paru dans les jours désastreux, pour la défendre et pour la sauver.

L'homme s'attache au sol qui l'a vu naître. Si humble, si pauvre que soit le village où Dieu ait placé notre berceau, jamais nous ne parvenons à l'oublier. Poussés par la curiosité, par l'amour du plaisir, par le désir de faire fortune, nous le quittons pour un temps ; mais, soit que nos espérances se réalisent, soit que nos illusions s'envolent, presque toujours nous revenons vieillir aux lieux où s'est passée notre enfance et mourir où sont morts nos parents.

Du village, notre affection s'étend à la province. Ses traditions, ses usages, les vieux costumes que parfois nous y retrouvons, nous sont chers ; mais au delà de ce coin de terre auquel nous tenons par nos premiers souvenirs, il y a la France, notre mère à tous, dont l'amour vit en nous, sans que nous sachions comment il y a pris naissance.

C'est ce puissant amour qui fait battre, comme le cœur d'un seul homme, les cœurs de tout un peuple à la nouvelle d'une victoire, qui les remplit de deuil à l'annonce d'une défaite, et qui met la honte et la colère sur tous les fronts quand l'étranger vient à fouler le sol sacré de la patrie.

Quiconque verrait avec indifférence les succès et les revers de son pays manquerait d'âme ou d'intelligence et ne mériterait que le mépris ou la pitié. Dans l'un comme dans l'autre cas, on n'en pourrait rien attendre de bon.

« Le plus beau, le plus moral des instincts de l'homme,

c'est l'amour de la patrie, » dit Chateaubriand. L'Arabe n'oublie point le puits du chameau, la gazelle et surtout le cheval, compagnon de ses courses ; le nègre se rappelle toujours sa case, sa zagaie, son bananier, et le sentier du nègre et de l'éléphant.

L'Esquimau se plaît au bord des mers glacées, malgré les longues ténèbres qui l'environnent ; le Lapon aime sa hutte enfumée, ses rennes et son traîneau. Comment pourrions-nous ne pas aimer notre pays, beau et fertile entre tous, entre tous aussi riche en glorieux souvenirs?

Ces souvenirs nous appartiennent ; l'honneur national est un patrimoine qui se transmet de génération en génération. Nous avons le droit d'en être fiers et le devoir de le défendre.

C'est le sentiment de ce devoir qui sèche les pleurs du conscrit, et qui le transforme bientôt en un vaillant soldat, terrible dans le combat, prompt à s'attendrir après la victoire. C'est ce sentiment qui impose silence à la voix de la nature, qui décuple les forces de l'homme, qui l'élève au-dessus de lui-même, et qui a donné plus d'une fois à de faibles femmes le courage d'affronter les hasards de la guerre et de mourir comme des héros.

Notre pays n'a pas toujours porté le nom de France. Il le doit aux Francs, qui s'y établirent vers la fin du ve siècle.

Avant l'invasion de ce peuple, avide de gloire et d'aventures, la terre comprise entre l'Océan et la Méditerranée, les Pyrénées, les Alpes et le Rhin, se nommait la Gaule. Elle était habitée par un grand nombre de peuplades, qui appartenaient à trois races principales.

Les Celtes s'étaient fixés à l'ouest, les Belges au nord et à l'est, et les Ibères au sud. Ces trois grandes familles, d'origine différente, avaient pris peu à peu les mêmes usages, et l'on désignait sous le nom de Gaulois tous les habitants du vaste territoire appelé Gaule.

Chaque peuplade s'armait volontiers à l'appel de ses voisines, mais volontiers aussi leur cherchait querelle, les Gaulois n'ayant pas de plus chère occupation que la guerre. Souvent même leurs festins les plus joyeux finissaient par des combats, dont un ou plusieurs amis de l'amphitryon devenaient les victimes.

Dans les batailles, beaucoup d'entre eux, leurs chefs surtout, avaient l'habitude de s'avancer entre les deux armées, avant qu'elles en vinssent aux mains, et de provoquer les plus braves de leurs ennemis à se mesurer avec eux. Si leur défi était accepté, ils se préparaient au combat en chantant les prouesses de leurs ancêtres. Ils accablaient leurs adversaires d'injures et de menaces; et quand ils les avaient vaincus, ils leur coupaient la tête. Ces trophées demeuraient attachés au cou de leurs chevaux jusqu'à ce qu'ils pussent en orner les murs de leurs maisons.

Ils donnaient la mort sans émotion et la recevaient sans crainte. Convaincus de l'immortalité de l'âme, ils croyaient qu'en quittant leur corps, elle passerait aussitôt dans un autre; aussi n'était-il pas rare de voir des amis et des serviteurs se tuer eux-mêmes, pour recommencer une nouvelle vie en compagnie de l'ami ou du maître qu'ils venaient de perdre.

Les prêtres gaulois, appelés druides, enseignaient qu'au delà du tombeau, l'homme est puni ou récompensé selon ses mérites, et le plus grand mérite que pût avoir un Gaulois était de l'emporter sur les autres en force et en courage.

Les druides partageaient le pouvoir avec les nobles, ou plutôt, supérieurs à tous par leur savoir et par le mystère dont ils entouraient leurs cérémonies religieuses, ils gouvernèrent longtemps les nobles aussi bien que le peuple. Au fond de leurs vastes forêts, ils élevaient des autels, sur lesquels ils immolaient des victimes humaines. Le plus souvent ces victimes étaient coupables de quelque infraction aux lois ; mais, à défaut de coupables, les cruelles divinités que les druides honoraient demandaient la vie d'un certain nombre d'innocents.

Les Gaulois étaient de grande taille ; ils avaient la voix dure, et, malgré leur peau blanche et leurs cheveux blonds, leur aspect était effrayant. Armés de boucliers aussi hauts qu'eux, de longs glaives, suspendus à leurs ceintures par des chaînes de fer, et de lourdes piques, dont le fer recourbé ne pouvait être retiré d'une blessure sans l'étendre, ils couvraient leurs têtes de casques d'airain, surmontés de cornes menaçantes ou d'animaux fantastiques.

Ils se rendirent redoutables par leur audace et leur valeur à toutes les nations qui avoisinaient la Gaule.

Ni les Pyrénées, ni les Alpes, ni les Apennins ne furent pour eux une barrière infranchissable. Rome, déjà puissante, les vit avec horreur dans ses murs et dut leur payer une forte rançon. Elle trembla longtemps au souvenir de ces terribles Gaulois, et plus de deux siècles s'écoulèrent avant qu'elle osât porter la guerre sur leur territoire.

Il fallut tout le génie de César, toute la discipline de ses légions, et huit années d'une lutte terrible, pour assurer aux Romains la possession de la Gaule.

Après de longs efforts, César croyait l'avoir conquise ; mais une immense levée de boucliers vint lui apprendre qu'il n'avait encore rien fait.

Les Gaulois emportèrent leurs drapeaux au fond des

forêts, et les députés des provinces jurèrent sur ces étendards vénérés d'exterminer jusqu'au dernier des envahisseurs.

Le plan des chefs était d'appeler à l'aide les Germains, puis de profiter du temps que César devait passer à Rome pour attaquer ses quartiers et les empêcher de se secourir mutuellement.

Il n'y eut point de traîtres parmi eux ; mais une légion ayant été attaquée trop tôt, César devina le danger, fondit sur les Gaulois, les força de se retirer, et, pour punir cette résistance, exerça dans le pays belge de grandes cruautés.

Un nouvel armement eut lieu. Les défenseurs de la Gaule fondirent sur la ville d'Orléans, appelée Genabum par les Romains qui l'occupaient, les mirent à mort, et appelèrent aux armes tous leurs compatriotes.

Un long cri de guerre répondit à cet appel, et partout des chefs organisèrent la défense. Un des plus célèbres de ces chefs fut Vercingétorix, noble et riche gaulois du pays des Arvernes (Auvergne). A l'âge où l'on ne songe ordinairement qu'au plaisir, il souffrait cruellement des maux de sa patrie et rêvait sans cesse à sa délivrance.

Il souleva les Arvernes, leur inspira un ardent désir de reconquérir leur liberté ; puis, sûr d'eux, il s'entendit avec un grand nombre de chefs et parvint à les réunir en un conseil, où devait être réglée l'organisation du mouvement prêt à éclater.

Il proposa des mesures qui furent approuvées tout d'une voix, et ce fut lui qu'on chargea de les exécuter. D'après ses ordres, une partie de l'armée se dirigea vers le sud, tandis que lui-même marchait vers le nord ; mais le soulèvement n'étant pas encore général, il s'arrêta pour animer les tièdes et souffler dans les cœurs les généreux sentiments qui remplissaient le sien.

César, promptement instruit de ce qui se passait dans les Gaules, y accourut, se mit à la tête de ses légions, attaqua les Gaulois, et, franchissant les Cévennes, couvertes de neige, il fondit sur le pays des Arvernes. Il le dévasta; puis, traversant rapidement plusieurs provinces, il arriva devant Orléans, s'en rendit maître pendant la nuit et massacra tout ce qu'il y rencontra.

Une ville des Bituriges (du Berri) tomba presque aussitôt en son pouvoir, sans que Vercingétorix pût la sauver. Le jeune général, ne voyant d'autre moyen de résister aux légions romaines que de les affamer, persuada aux Bituriges de brûler leurs villes et leurs villages. Bourges (*Avaricum*) resta seul debout au milieu de tant de ruines. César déploya pour l'attaquer toutes les ressources dont disposait alors l'art militaire; cependant il n'y entra qu'au bout de vingt-cinq jours. Toutefois ce n'était pas du temps perdu; car il trouva dans cette ville de quoi nourrir ses troupes jusqu'au printemps. Alors, conduisant lui-même une partie de son armée contre les Arvernes, il envoya l'autre, sous les ordres de son lieutenant Labiénus, contre les Sénones et les Parisii, habitants des provinces de Sens et de Paris.

Vercingétorix défendait Gergovie, ville voisine de Clermont. César l'attaqua vainement, et il y perdit tant de monde, qu'il résolut d'aller rejoindre Labiénus. En traversant le pays des Edues (la Bourgogne), il n'y trouva plus les alliés sur lesquels il croyait pouvoir compter. On le jugeait perdu, et on lui prouva l'affection qu'on lui portait en massacrant les marchands italiens et les recrues de l'armée romaine.

Pendant ce temps, un vieux chef gaulois, Camulogène, avait établi son quartier général à Lutèce (Paris). La cité, renfermée dans une île de la Seine, était si bien défendue par les marais de la Bièvre, que Labiénus n'en put approcher. Mais c'était un habile homme : il enleva les barques qu'il trouva sur la Seine jusqu'à Melun, franchit le fleuve, et revint vers Lutèce avec l'intention de l'attaquer par le nord. Camulogène, devinant son projet, brûla la ville et manœuvra de manière à placer les Romains entre deux armées gauloises.

Il faisait bonne garde pour empêcher les légions de repasser la Seine ; elles y parvinrent cependant. Camulogène fondit sur elles et déploya, pour les rejeter dans le fleuve, un tel acharnement, qu'il y périt avec son armée presque entière.

Une nouvelle assemblée des chefs gaulois venait, pour la seconde fois, de nommer Vercingétorix au commandement suprême. Il n'y avait manqué que les députés des pays de Trèves, de Reims et de Langres. Par leur entremise, César traita avec les Germains, qui vinrent grossir son armée.

Celle que commandait Vercingétorix était pleine d'ardeur. Chacun de ses cavaliers avait juré de traverser au moins deux fois les lignes romaines, et s'était lui-même condamné à ne revoir jamais sa femme ni ses enfants, s'il manquait à ce serment solennel.

La bataille fut terrible ; César y courut les plus grands dangers ; mais cette fois encore la discipline de ses légions l'emporta sur l'audacieuse valeur des Gaulois, et ceux-ci, vivement poursuivis, coururent s'enfermer dans la forte place d'Alésia.

La plupart des historiens croient que cette ville d'Alésia n'est autre qu'Alise, en Bourgogne ; mais quelques-uns disent que ce peut être Alaise en Lorraine.

Quoi qu'il en soit, la résistance des Gaulois et l'héroïsme de Vercingétorix furent admirables. Le jeune général avait encore près de cent mille hommes. La place ne pouvant les contenir, il établit son camp sur les flancs escarpés de la colline dont elle occupait le sommet.

Avant de s'emparer d'Alise, il fallait vaincre cette armée décidée à se bien défendre. César, au lieu de l'attaquer, commença des travaux qui avaient pour but d'affamer à la fois la ville et le camp.

Il employa soixante mille hommes à creuser trois larges et profonds fossés autour de la colline, aux abords de laquelle il avait fait préparer des chausses-trappes et enfoncer une multitude de pieux recouverts de branchages. Au bord du troisième fossé, dans lequel coulait une rivière détournée de son lit, s'éleva, par ses ordres, un rempart d'une grande hauteur, partout surmonté de créneaux et flanqué de tours, très-rapprochées les unes des autres.

Pendant que ces prodigieux travaux s'exécutaient, Vercingétorix, comprenant que ses cavaliers lui seraient inutiles, les fit sortir du camp, après les avoir suppliés de se rendre dans toutes les provinces pour appeler les Gaulois à la défense de leur patrie, dont le sort allait se décider devant Alise.

Malgré ce pressant appel, les jours se passaient sans qu'aucun secours arrivât, et la faim se faisait sentir dans la place et dans le camp. On murmura tout bas d'abord, puis les plus hardis parlèrent de capituler. Vercingétorix exhorta tout le monde à la patience, en assurant que des troupes et des vivres ne pouvaient tarder à paraître.

— Songez, disait-il, qu'il s'agit du salut de la Gaule, de votre liberté, de celle de vos femmes et de vos enfants. La faim ronge vos entrailles; mais sachez souffrir encore, la délivrance est proche.

Un autre chef, nommé Critognat, déclara que les guerriers, plutôt que de se rendre, devaient immoler, pour se nourrir, les vieillards devenus incapables de porter les armes.

— Nos ancêtres ont fait ainsi, ajouta-t-il, quand les Cimbres et les Teutons ont envahi notre pays. Et qu'était-ce que cette guerre, en comparaison de celle que nous soutenons? Les Cimbres ont tout pris, tout ravagé; mais ils ne nous ont enlevé ni nos champs, ni nos lois, ni notre liberté. Eux partis, nous avons retrouvé tout cela ; mais les Romains veulent s'établir dans nos villes, s'emparer de nos maisons, de nos terres, et nous réduire en esclavage.

Les affamés reprirent courage, et bientôt enfin ils virent s'avancer au loin une telle multitude d'hommes armés, qu'on n'apercevait plus ni chemins ni prairies, et que, de la base au sommet, les hauteurs en étaient couvertes.

Quelle joie pour les assiégés ! Ils se croyaient sauvés, mais leur ivresse ne fut pas de longue durée. A la tête de la garnison, soudain ranimée, Vercingétorix s'élança contre les redoutables retranchements élevés du côté d'Alésia, pendant que deux cent cinquante mille hommes, accourus de tous les points de la Gaule, attaquaient les Romains protégés par le rempart crénelé des tours duquel ils faisaient pleuvoir la mort sur ces masses vaillantes, mais indisciplinées.

Après s'être borné d'abord à défendre ses lignes, César fondit sur les Gaulois, les repoussa, les poursuivit, et, ne leur accordant point de relâche, il finit par les disperser.

Vercingétorix, désormais sans espoir, ne songea plus qu'à ses malheureux compagnons, assiégés dans leur camp et dans la place. Quelques conditions que le vainqueur pût exiger, il se voyait réduit à les accepter. Alors, jugeant du cœur de César par le sien, il pensa qu'en allant de lui-même se livrer à la vengeance du proconsul, il le disposerait à se montrer clément pour les défenseurs d'Alésia.

Il revêtit sa plus riche armure, monta sur son cheval de bataille, sortit de la ville, et s'avança seul jusqu'au camp romain. Les sentinelles s'écartèrent devant lui et le laissèrent pénétrer jusqu'au tribunal de César.

Arrivé là, l'héroïque vaincu sauta à terre, et, jetant aux pieds du vainqueur son casque, son épée, son javelot, il murmura :

— Je me livre.... Epargnez mes frères....

César ne fut point ému. Il fit un signe à ses licteurs, qui emmenèrent aussitôt le jeune général. Si Vercingétorix espérait une prompte mort, il fut cruellement trompé. Ne fallait-il pas que, chargé de chaînes, il ornât un jour le triomphe de l'implacable Romain ?

Mais ce triomphe rêvé par César ne devait lui être accordé qu'après la conquête de la Gaule, et il mit encore six années à l'accomplir.

Vercingétorix y parut, et passa ensuite aux mains des bourreaux.

II.

Invasion des Francs. — Fondation de leur empire. —
Charles-Martel.

Après avoir si longtemps et si noblement résisté au
plus grand homme de guerre qu'il y eût alors, la Gaule,
ménagée par les Romains, qui tenaient à se l'attacher,
adopta, plus vite qu'ils ne l'espéraient, les mœurs et les
dieux de ses vainqueurs. Toutefois les druides, proscrits,
présidaient encore, au fond des forêts, à leurs sanglants
sacrifices, et d'anciens croyants y assistaient au péril de
leur vie.

Le christianisme s'éleva sur les ruines de ces deux reli-
gions, et il jeta de profondes racines dans ce sol généreux, arrosé du sang des martyrs. La Gaule entière était
chrétienne quand une nouvelle invasion vint l'arracher à
l'empire romain.

Cet empire était encore debout ; mais ses légions, si vaillantes, si aguerries au temps de César, n'avaient plus ni courage ni discipline, et le peuple, habitué à courber le front devant des maîtres souvent aussi corrompus que sanguinaires, avait oublié ce que c'est que le patriotisme.

Des nuées de barbares, appartenant à une foule de tribus d'origines diverses, attaquèrent ce colosse aux pieds d'argile. Pendant que les uns marchaient sur l'Italie, les autres s'avançaient vers le Rhin, attirés par la fertilité de la Gaule.

Ceux-ci y trouvèrent établie déjà, sur la rive gauche du grand fleuve, une tribu germanique dont les membres s'étaient donné le nom de Francs, parce qu'ils se sentaient assez braves pour rester libres.

Les Francs n'aimaient rien autant que la guerre. Ils s'y livraient avec la certitude de trouver, après une mort glorieuse, le resplendissant palais où leur dieu récompensait les braves par de nouveaux combats et de longs festins. Là, en compagnie d'Odin, leur dieu, ils boiraient tour à tour dans le crâne des ennemis qu'ils avaient tués, et s'enivreraient de bière et d'hydromel.

La hache à double tranchant, qu'ils appelaient francisque, était dans leurs mains une arme terrible, ainsi que la pique, à crochets recourbés, qu'ils nommaient hang, c'est-à-dire hameçon. Ils se battaient avec une telle ardeur, qu'on les voyait souvent continuer à frapper, après avoir reçu plusieurs blessures mortelles.

Ces vaillants hommes repoussèrent les envahisseurs ; mais, après ceux-là, il en vint d'autres en si grand nombre, que, ne pouvant les rejeter au loin, la tribu franque prit le parti de s'avancer dans l'intérieur des terres.

Les Gaulois, amollis par les loisirs d'une longue paix, ne ressemblaient plus à leurs belliqueux ancêtres. Ils ne savaient ni ne voulaient plus se battre. Le Romain Aétius marcha contre les Francs, les atteignit près de la Somme, les surprit au milieu d'une fête, et leur livra bataille. Ils furent vaincus, et Clodion, leur chef, ne survécut pas à ce désastre.

Trois ans après sa mort, Mérovée, son successeur, se joignit à ce même Aétius, aux Visigoths, aux Burgondes, à tous les barbares établis dans la Gaule, pour repousser Attila, roi des Huns, qui, suivi d'une armée innombrable, avait déjà pénétré jusqu'à Orléans.

A leur approche, Attila retourna sur ses pas et ne s'arrêta que dans une immense plaine, située entre Châlons-sur-Marne et Méry-sur-Seine. Là, le fléau de Dieu, ainsi que se nommait lui-même le Hun farouche, fut vaincu dans une bataille où périrent plus de cent cinquante mille hommes. Mérovée et ses guerriers firent dans cette journée des prodiges de valeur, après lesquels Aétius n'osa plus leur disputer les terres qu'ils avaient conquises.

Les rois francs n'étaient alors que des chefs de guerre. On leur conférait cette dignité en les élevant sur un pavois ou bouclier, et en les portant autour du camp. Tout ce qu'on leur demandait, c'était l'audace qui ne connaît point d'obstacles et la valeur qui sait en triompher.

Le successeur de Mérovée, Childéric, tout occupé de ses plaisirs, fut chassé et remplacé par le Romain Ægidius; mais les Francs se lassèrent bientôt d'obéir à un étranger, et Childéric revint au milieu d'eux.

Basine, reine de Thuringe, y arriva presque aussitôt que lui.

— S'il y avait, même au delà des mers, un homme

plus courageux que toi, lui dit-elle, c'est lui-que je voudrais épouser ; mais je te connais et je sais qu'il n'y en a pas.

Childéric la prit pour femme et devint le père de Clovis, qui devait être le véritable fondateur de l'empire des Francs.

Guerrier intrépide, Clovis, vainqueur des Romains, près de Soissons, s'empara de ce qu'ils possédaient encore dans la Gaule, soit en combattant, soit en négociant avec une prudence inconnue des barbares.

Il marcha contre les Allemands, qui prétendaient lui ravir une part de ses conquêtes, et les rencontra devant Tolbiac. Dans cette bataille célèbre, il invoqua le Dieu de Clotilde, princesse chrétienne qu'il avait épousée, et bientôt après il reçut le baptême des mains de saint Remi, évêque de Reims.

Ce grand événement disposa les Gaulois à lui obéir et lui concilia la bienveillance de l'épiscopat, très-puissant à cette époque. Plusieurs de ses guerriers l'abandonnèrent, comme il avait abandonné Odin, le dieu des braves ; mais, Clovis continuant à combattre, ils regrettèrent leur part du butin et ne tardèrent pas à faire leur soumission.

Vainqueur des Burgondes et des Visigoths, le roi franc se vit maître de presque toute la Gaule ; mais ce vaste empire ne suffisait pas encore à son ambition.

En devenant chrétien, il avait gardé les mœurs et les instincts de sa race. Tout en bâtissant à Paris une église près de son palais, il envoya dire au fils du roi de Cologne, son parent : « Ton père est vieux et malade ; s'il mourait, tu régnerais à sa place. »

Un parricide fut la conséquence de ces perfides paroles ; mais, pendant que l'indigne fils plongeait ses mains jusqu'au fond des trésors de son père, un des envoyés du roi franc lui fendit le crâne d'un coup de francisque, et Clovis recueillit son héritage.

« Ayant tué de même, dit Grégoire de Tours, beaucoup d'autres rois, ses proches parents, dans la crainte qu'ils ne lui enlevassent l'empire, il étendit son pouvoir dans toute la Gaule. »

Un jour, il osa se plaindre en public de n'avoir plus un seul parent qui pût le secourir, si l'adversité venait à fondre sur lui. « Ce n'était pas, ajoute le chroniqueur, qu'il s'affligeât de leur mort ; il parlait ainsi par ruse, pour découvrir s'il avait encore quelque parent et le faire tuer. »

Clovis mourut en 511, en laissant son empire à ses quatre fils. Eux et leurs successeurs n'imitèrent que trop la barbarie dont il leur avait donné l'exemple. Leurs règnes n'offrent, pendant cent ans, qu'une suite de meurtres, de trahisons, de cruautés inutiles, et ce n'est pas sans horreur qu'on peut lire, dans notre histoire, le récit de tant de crimes.

« L'humanité a traversé peu d'époques aussi malheureuses que le viᵉ et le viiᵉ siècle de notre ère, dit M. Duruy. L'indiscipline, les brutales violences des barbares, l'absence de tout ordre, le réveil des antiques rivalités de ville à ville, de canton à canton, et partout enfin une sorte de retour à l'état de nature, voilà ce que montrent les documents de cette triste époque....

« Ajoutons, pour achever le tableau de ces temps déplorables, que toute culture de l'esprit s'arrête ; que la langue latine se déforme dans ces bouches grossières ; que, rois et chefs, nul, hors de l'Eglise et des administrations municipales, ne s'inquiète plus de savoir lire et écrire. La civilisation recule et semble sur le point de disparaître sous les ruines amoncelées par les barbares. »

Les Romains, maîtres de la Gaule, y avaient apporté l'amour de la science, de la poésie et des arts. Beaucoup de cités gauloises étaient remarquables par leurs monuments, leur commerce et leur industrie. Après la conquête des Francs, cette prospérité disparut.

Méprisant le séjour des villes, ils construisirent leurs demeures sur les terres enlevées aux vaincus, et choisirent de préférence celles où ils pouvaient se livrer à de fructueuses et longues chasses. Les rois eux-mêmes avaient plusieurs palais ou châteaux qui n'étaient autres que des maisons de campagne.

Ils allaient de l'une à l'autre, suivis d'un grand nombre d'officiers et de serviteurs, dont les habitations plus modestes entouraient le pavillon principal. Peu à peu, le nombre de ces habitations augmenta ; diverses industries s'y établirent et donnèrent de l'importance aux demeures royales. Pour juger les querelles qui s'y élevaient sans cesse, pour y faire régner un peu d'ordre, on créa la charge de maire du palais.

La nomination de ce fonctionnaire appartenait aux leudes, c'est-à-dire aux nobles, et ceux-ci s'habituèrent bientôt à soutenir l'homme de leur choix dans ses empiètements sur l'autorité royale. Quand, après les règnes sanglants des premiers Mérovingiens, les mœurs des Francs commencèrent à s'adoucir, les rois eurent à lutter contre un pouvoir qui devait absorber le leur.

Dagobert, dont le nom est inséparable de celui de saint Eloi, son orfévre et son ministre, fut un prince vaillant, magnifique et bon justicier, disent ses historiens. Il fonda l'abbaye de Saint-Denis, qui, pendant douze cents ans, servit de sépulture aux rois de France, la dota richement, et orna sa villa de Clichy avec une splendeur qui rappelait celle des palais romains.

Il fit faire à ses Francs un premier pas vers la civilisation ; mais il vit aussi leurs premiers revers. Après sa mort, les maires du palais gouvernèrent sous le nom de ses fils encore enfants, et ne purent retenir dans l'obéissance les nombreuses populations soumises par Clovis.

Plus occupés d'ailleurs de leurs propres intérêts que de ceux de la nation, ces maires et plusieurs de ceux qui vinrent ensuite donnèrent le spectacle de ce que l'ambition et la haine peuvent inspirer de plus affreux.

Les Francs ne se battaient plus contre les barbares ; ils s'armaient les uns contre les autres, sous les ordres des maires de l'Austrasie, de la Neustrie, de la Bourgogne.

Les plus puissants par leurs richesses, leur courage et leurs vertus, furent les maires austrasiens. Pépin d'Héristal, l'un d'eux, régna sagement pendant vingt-sept ans, relevant à son profit l'autorité royale, mais remettant sous le joug des Francs les tribus qui s'en étaient affranchies, et rétablissant les assemblées du Champ de Mars pour décider de la paix ou de la guerre.

Après sa mort, Chilpéric II, qui ne doit pas être confondu avec les derniers Mérovingiens, connus sous le nom de rois fainéants, essaya de ressaisir le pouvoir ; mais il lui fut ravi par un des fils de Pépin, le célèbre Charles-Martel.

Charles était un vrai guerrier, d'une force herculéenne, et d'une âme si fièrement trempée, qu'aucun péril ne pouvait l'émouvoir. Il pénétra six fois sur le territoire des Saxons, força les Allemands, les Thuringiens, les Frisons, à reconnaître l'autorité des Francs, et réprima l'audace des Gascons, armés contre lui.

Vainqueur de tant d'ennemis, Charles respirait enfin,

quand une invasion plus terrible menaça l'empire franc et l'Europe entière.

La Septimanie, l'Espagne et une des provinces du nord de l'Afrique, formaient, vingt ans avant l'époque dont nous parlons, l'empire des Goths et des Visigoths. Rodrigue, qui venait d'usurper le trône, ne craignit pas d'outrager Florinde, fille du comte Julien, gouverneur de Ceuta. Ce puissant seigneur, tourmenté du désir de la vengeance, entra dans une conspiration formée contre Rodrigue, et, ne se trouvant pas encore assez fort, il rechercha l'appui des Sarrasins d'Afrique.

Les Arabes ou Sarrasins, sectateurs de Mahomet, avaient porté sa doctrine, par le fer, en Egypte, en Perse et sur toute la côte septentrionale de l'Afrique. La septième année du califat de Walid, le comte Julien envoya dire à Mousa, vice-roi d'Afrique, que si les Sarrasins voulaient conquérir l'Espagne, ils y trouveraient un parti disposé.à les soutenir.

Il n'en fallait pas tant pour exciter l'ambition de Mousa. Il fit embarquer une nombreuse armée de Maures et d'Arabes, sous le commandement de Tarick, un de ses lieutenants. Arrivée sur les côtes d'Espagne, cette armée s'empara d'un rocher coupé à pic et fort élevé, qu'elle appela Gibel-al-Tarick (Mont de Tarick), d'où est venu le nom de Gibraltar. De là, elle s'avança jusqu'à Xérès, où elle rencontra le roi Rodrigue, à la tête de quatre-vingt mille hommes. La bataille s'engagea de part et d'autre avec animosité ; elle durait depuis trois jours, orsque Tarick, devinant Rodrigue dans un guerrier magnifiquement vêtu et monté sur un fougueux coursier, s'élança vers lui et le perça de sa lance.

La mort du roi ne fit pas cesser le combat. Les Visigoths défendaient leur religion et leur pays ; pendant neuf jours encore ils soutinrent vaillamment la lutte, et des flots de sang furent répandus. Quand il resta trop peu de chrétiens pour tenir tête aux musulmans, le comte Julien conseilla à Tarick de courir à Tolède, avant qu'un nouveau roi y fût choisi. Tarick jugea que l'avis était bon, entra sans résistance dans la ville consternée et acheva en peu de temps la conquête de toute l'Espagne. Quelques familles nobles et zélées pour la foi se réfugièrent dans les montagnes des Asturies, où elles se donnèrent pour chef un illustre guerrier, nommé Pélage, qui y planta l'étendard de la croix et y jeta les fondements de la monarchie espagnole.

Les Pyrénées, qui séparaient les terres conquises par les Musulmans de la Septimanie et de l'Aquitaine, ne furent pas longtemps regardées par ces hordes conquérantes comme une barrière infranchissable. De nouveaux renforts leur arrivant sans cesse de l'Afrique, le vaste pays dont ils s'étaient emparés devint bientôt trop étroit pour les contenir. Ils se répandirent, comme un torrent, dans les provinces méridionales, et s'avancèrent jusqu'à Toulouse.

Eudes, duc d'Aquitaine, vint les y recevoir les armes à la main, les vainquit et les rejeta jusqu'au pied des Pyrénées. Mais le pouvoir toujours croissant du maire du palais ayant donné de l'ombrage à Eudes, il eut la fatale pensée de faire alliance avec les Sarrasins, qu'il avait si glorieusement combattus. Pour gage de cette alliance, il donna sa fille en mariage à l'émir Munuza.

Quelque temps après, une émigration des Sarrasins d'Espagne eut lieu sous la conduite d'Abd-el-Raman. Munuza, qui voulut s'opposer à ses progrès, fut tué dans un combat, et les Musulmans, plus nombreux que les épis au temps de la moisson ou que les grains de sable soule-

vés par l'ouragan, continuèrent leur marche dévastatrice.
Tout fuyait devant eux, et, sur leur passage, on ne voyait
plus que des ruines. L'Aquitaine devint leur proie ; la
grande ville de Bordeaux fut détruite ; celles de Saintes,
de Limoges, de Poitiers, mises à feu et à sang, poussèrent vers leur duc un long cri de détresse. Mais que
pouvait faire une petite armée contre ces troupes innom-
brables ?

Eudes comprit que ses efforts seraient impuissants, et
que s'il avait quelque secours à attendre, ce secours ne
pouvait venir que du maire du palais. Il envoya donc à
Charles des députés, chargés de lui représenter la désolation des provinces du Midi et le péril dans lequel se
trouvait la foi chrétienne. Charles, oubliant aussitôt ses
justes griefs contre le duc d'Aquitaine, appelle aux armes
les guerriers francs. Ceux-ci accourent de tous côtés. Ils
ne sont pas encore civilisés ; mais ils tiennent au sol conquis par leurs aïeux, et ils sont prêts à donner leur sang
pour le défendre. Ils tiennent aussi à la religion qu'ils
ont embrassée, et que ces damnés Musulmans veulent
détruire.

Charles les réunit à Orléans, y passe la Loire et les
conduit vers les Sarrasins. Entre Tours et Poitiers, il voit
se déployer au loin leurs masses imposantes. Il s'arrête,
les Musulmans l'imitent, et des deux côtés on s'examine
avec autant de curiosité que de haine.

Les Arabes s'approchaient au grand galop de leurs
chevaux pour voir les hommes du Nord, au visage farouche, qui jouaient avec leurs lourdes haches, et les
Francs regardaient avec surprise les riches tentes et les
habits éclatants de ces hardis cavaliers.

L'armée des Musulmans était de beaucoup la plus nombreuse ; mais celle des Francs était décidée à périr tout

entière plutôt que de reculer. Elles s'observèrent mutuellement pendant sept jours, comme si l'une et l'autre hésitaient à porter les premiers coups. Enfin Abd-el-Raman, las de cette inaction, laissa son camp à la garde de quelques troupes, et donna le signal du combat.

On eût cru voir une nuée de démons acharnés ; mais leurs noirs essaims vinrent se briser contre des rangs pressés qui, de toutes parts, ressemblaient à une muraille de fer. Bientôt l'épée et la hache à double tranchant commencèrent à porter parmi ces terribles assaillants la confusion et la mort. Mais de nouvelles colonnes arrivaient sans cesse, et, aussitôt repoussées, elles se dispersaient pour aller se reformer un peu plus loin et revenir à la charge avec plus de fureur. Le carnage durait depuis longtemps, sans qu'on pût prévoir l'issue du combat, quand des cris désespérés se firent entendre derrière l'armée sarrasine. C'étaient les cris des femmes et des enfants, que massacraient impitoyablement les soldats du duc d'Aquitaine.

Les Sarrasins, sûrs de conquérir la France, avaient amené leurs familles, afin de s'établir sans retard avec elles dans ces riantes et fertiles contrées. En entendant des plaintes et des hurlements de douleur, ils devinèrent la vérité et voulurent tourner le dos à l'ennemi pour voler au secours de tout ce qui leur était cher. Abd-el-Raman les retint, et, soufflant dans leurs âmes le feu de la vengeance, il les précipita encore une fois contre les Francs. La mêlée fut horrible. Jamais, au dire des chroniqueurs, il n'y eut plus grand carnage. Pendant quelques instants, l'émir put encore espérer la victoire ; mais les soldats de Charles étaient devenus des lions. Les escadrons arabes plièrent enfin, et Abd-el-Raman, ne parvenant plus à les

rallier, s'élança au milieu des Francs, pour ne pas sur-
vivre à sa défaite.

Les Sarrasins s'enfuirent vers les Pyrénées, en mau-
dissant leur fatale ambition. Charles se mit à leur poursuite et les harcela tellement, que, quand ils touchèrent
un sol ami, il leur manquait, dit-on, plus de trois cent
mille hommes.

Ce chiffre doit avoir été exagéré; mais il prouve, du
moins, combien cette invasion était menaçante et quel
service le maire du palais venait de rendre à la nation.
Aucun de ses guerriers, si forts et si vaillants, n'avait pu
l'égaler; tous l'avaient vu sans cesse au premier rang, et,
pleins d'admiration pour les beaux coups qu'il avait
portés, ils lui décernèrent le surnom de Martel ou Marteau,
qui devait transmettre à tous les siècles le souvenir de
cette glorieuse victoire.

L'imminence du péril avait réuni les Francs, trop souvent divisés; ils avaient oublié leurs haines et leurs
rivalités, pour ne songer qu'à sauver leur patrie; mais à
peine le danger se fut-il éloigné, que Charles fut obligé
de tourner ses armes contre ce même duc d'Aquitaine
qui avait invoqué son appui.

La Bourgogne fut ensuite le théâtre de ses succès;
mais il s'attacha surtout à expulser des provinces méridionales les Sarrasins, qui, toujours battus, ne se lassaient pas d'y faire de nouvelles incursions. On le voyait
passer avec rapidité de ses Etats d'Austrasie dans le fond
de la Frise ou de la Saxe, et reparaître presque aussitôt
au pied des Pyrénées.

Le duc de Provence ayant appelé les Sarrasins à
Avignon, Charles les en chasse et vole à Narbonne, dont
ils se sont emparés. De puissants renforts arrivent au
secours de cette place; il leur laisse le temps de débar-

quer, puis il marche contre eux, les bat, tue leur chef,
oblige les vaincus à regagner leurs vaisseaux et entre
triomphant dans la ville reconquise.

Tant de gloire valait mieux qu'une couronne. Charles
se sentait le véritable roi ; aussi, quand Thierry IV mourut,
il ne daigna ni s'asseoir sur le trône vacant, ni y placer
personne. Il jouit du pouvoir jusqu'à ce qu'il succomba
à tant de fatigues. Son nom devait trouver place parmi les
défenseurs de la patrie, sauvée par son courage d'une
ruine certaine et complète.

III.

Les Normands. — Eudes. — Belle défense de Paris.

Pépin, fils de Charles-Martel, héritier de sa charge de maire du palais, recueillit les fruits de la gloire paternelle, en prenant le titre de roi, sans que le respect des Francs pour le sang mérovingien se révoltât contre cette usurpation. Il porta noblement cette couronne, et il la laissa à Charlemagne, son fils, qui y joignit plus tard celle des Césars.

Conquérant et législateur, Charlemagne remplit l'univers de son nom. Fondateur d'un grand empire, il le tira des ténèbres de l'ignorance, y établit l'ordre et y fit régner la justice. Tout en commandant ses armées, il s'occupait de l'administration de son empire; et quand la guerre lui laissait quelque relâche, il en profitait pour s'assurer par lui-même de la manière dont ses lois étaient exécutées.

Il aimait et protégeait les savants ; il exigeait que les évêques fussent instruits, et il leur disait : « C'est plaire à Dieu que de bien vivre ; mais c'est lui plaire aussi que de bien parler. » Il fonda des écoles dans les monastères, dans les évêchés, et même dans son palais. Il n'avait pas de plus grand plaisir que d'assister aux leçons et de récompenser les élèves studieux. Il réprimandait ceux qui se montraient négligents ; et si parmi eux se trouvaient les fils de quelques seigneurs, il leur disait : « Vous avez tort de compter sur les services de vos pères ; ils ont été récompensés, et l'Etat ne doit rien qu'à ceux qui le méritent par eux-mêmes. »

S'il encourageait les autres à s'instruire, il prenait aussi beaucoup de peine pour étudier la grammaire, la rhétorique, l'astronomie, les langues étrangères, toutes choses dont aucun de ses prédécesseurs n'avait eu la moindre idée.

Il aimait ses sujets et les recommandait aux comtes chargés de ses pouvoirs.

— Gardez-nous la foi jurée, leur disait-il, et traitez avec modération tous les peuples habitant votre comté. Régissez-les avec droiture, selon leurs lois et leurs coutumes. Soyez le défenseur des veuves et des orphelins. Réprimez sévèrement les voleurs et les malfaiteurs, afin que les peuples, vivant en prospérité sous votre gouvernement, restent en joie et en paix.

Quatre fois l'an, des envoyés de l'empereur parcouraient les comtés pour écouter les plaintes du peuple, réformer les abus, et s'assurer de la justice des sentences rendues.

Enfin, chaque année, au printemps et en automne, le roi présidait lui-même une assemblée générale appelée capitulaire, dans laquelle il consultait les grands sur divers projets de loi. Il se plaisait à interroger ceux qui venaient de loin, sur l'état de leurs provinces, et se faisait renseigner par tous sur ce qui se passait au dedans et au dehors de son vaste empire.

Il veillait sur ses frontières avec tant de zèle et d'activité, qu'il était sur les bords de l'Atlantique ou de la Méditerranée quand on le croyait à l'embouchure de l'Elbe; aussi nul ennemi ne parvint à les franchir pendant ce règne glorieux.

Il y avait cependant un peuple, belliqueux et pauvre, qui regardait d'un œil jaloux et menaçant les fertiles contrées occupées par les Francs; mais il n'osait rien entreprendre contre elles tant que la puissante épée de Charlemagne les protégeait. Ces guerriers, qu'on appelait Normands ou hommes du Nord, parce qu'ils venaient des froides régions de la Scandinavie, étaient de fiers pirates, habiles à conduire leurs *chevaux à voiles*, recherchant les combats et paraissant ne se plaire qu'au milieu du carnage et de la destruction. Quelques-uns de leurs vaisseaux s'étant approchés des côtes de la Narbonnaise, où se trouvait Charlemagne, son nom seul les mit en fuite; mais l'empereur, peu satisfait de ce triomphe, versa des larmes en les regardant s'éloigner. Et comme les grands s'en étonnaient sans oser l'interroger sur la cause de sa douleur, il leur dit :

— Je pleure en songeant aux maux dont, après ma mort, ces barbares accableront mes peuples.

A peine ce prince, si supérieur à son siècle, eut-il cessé de vivre, que tout favorisa l'audace des Normands : la faiblesse de Louis le Débonnaire, le partage qu'il fit de ses Etats entre ses trois fils, les guerres qu'occasionna ce partage, les révoltes des seigneurs, l'asservissement et la misère des peuples.

Les pirates n'eurent pas plus tôt appris la mort du grand empereur, que leurs nefs parurent à l'entrée de la Seine. Les populations se réunirent en armes et les repoussèrent; mais, au lieu de regagner leur pays, ils se jetèrent sur l'Aquitaine et chargèrent leurs vaisseaux d'un riche butin. Bientôt ils revinrent plus nombreux, remontèrent la Seine jusqu'à la riche abbaye de Jumiéges, la dévastèrent; puis, continuant leur marche jusqu'à Rouen, ils livrèrent aux flammes cette florissante cité et couvrirent de sang et de ruines les deux rives du fleuve.

Quatre ans après, en 845, cent navires scandinaves, toujours suivant la Seine, s'avancèrent jusqu'à Paris et pillèrent l'église de Saint-Germain des Prés. Charles le Chauve, qui régnait alors, les éloigna en leur payant une forte rançon. Ils se rembarquèrent, comme ils l'avaient promis; mais ils ne s'étaient point engagés à ne pas revenir, et bientôt on les vit reparaître. La Seine et la Loire leur servaient de grandes routes; ils remontaient ces deux fleuves et tombaient tantôt sur une province, tantôt sur une autre; ils enlevaient les trésors des églises et des monastères, pillaient les châteaux, incendiaient les villes et massacraient tous ceux qui essayaient de leur résister.

Les populations effrayées fuyaient devant eux, et de toutes parts on entendait s'élever vers le ciel cette prière : « De la fureur des Normands, délivrez-nous, Seigneur ! »

Les poëtes retraçaient dans des récits pleins de larmes les scènes affreuses dont nos belles campagnes étaient devenues le théâtre, et l'un d'eux s'écriait :

« Hélas ! pourquoi consacrerai-je mes veilles à chanter les malheurs de Jérusalem ? C'est sur ma patrie couverte de sang et de ruines que je dois gémir aujourd'hui. »

Ces invasions se renouvelèrent, plus ou moins terribles, jusqu'en 885, époque à laquelle une foule de Normands, venus par terre et par mer jusqu'à Rouen, s'emparèrent de cette place. Sept cents barques les conduisirent ensuite vers la Bourgogne, par la Seine. Ils prirent le château de Pontoise et arrivèrent sans opposition jusqu'à Paris ; mais là, ils virent avec étonnement la Seine barrée par deux ponts, la ville fortifiée et les habitants disposés à leur résister. Cette courageuse résolution avait été inspirée aux Parisiens par Eudes, leur gouverneur ; Gozlin, leur évêque ; Hugues l'abbé, marquis d'Anjou, et Robert, frère du comte Eudes.

La ville ayant été déjà plusieurs fois surprise par les pirates, les bourgeois veillaient tour à tour, afin de donner l'alarme dès que l'ennemi s'approcherait.

Le 20 novembre, vers le soir, les sentinelles virent l'horizon se teindre au loin des lueurs de l'incendie. Il n'en fallait pas davantage pour mettre la ville sur ses gardes, et le lendemain, quand les nefs ennemies furent signalées, tout était prêt pour les recevoir.

Sigefroy, leur chef, envoya demander le passage au gouverneur, en lui promettant d'épargner pour cette fois les habitants et leurs biens. Eudes, avant de lui répondre, voulut consulter encore les Parisiens. Ils répondirent unanimement que ce serait commettre une lâcheté que de laisser passer sans les combattre ces farouches Normands, qui faisaient hautement connaître leur intention de mettre la Bourgogne à feu et à sang.

Heureux de cette réponse, Eudes et Gozlin la transmirent à Sigefroy, qu'elle fit entrer dans une violente colère. Il donna aussitôt à ses guerriers l'ordre de débarquer, et les mit en bataille sur la rive droite du fleuve, près des vastes chenils dans lesquels hurlait la

meute royale, destinée à la chasse au loup. Ces bâtiments se nommaient Lupara, d'où est venu le nom de
Louvre, donné au magnifique palais qui, plus tard, les a
remplacés.

Au signal donné par leur chef, les Normands s'avancèrent en bon ordre contre la grosse tour qui protégeait
le pont situé au nord de la cité. Ils lancèrent en vain
leurs flèches contre ses murailles. Eudes, voulant profiter
de leur découragement, fit ouvrir les portes de la tour,
s'élança contre eux, suivi des Parisiens, et les mit en
déroute. Sigefroy les rallia, les rassura et leur promit la
victoire pour le lendemain. Mais le lendemain, ils virent
avec effroi que la tour, déjà si redoutable, s'était élevée
de deux étages pendant la nuit, et ils parlèrent de se
rembarquer pour se jeter sur la Neustrie.

Sigefroy leur fit honte d'une telle pensée ; les femmes
qui les accompagnaient joignirent leurs reproches à ceux
du chef, et une nouvelle attaque fut résolue. Elle n'eut
pas plus de succès que la première. De l'huile bouillante
et des pierres énormes tombaient du haut de la tour sur
les Normands, peu habitués à rencontrer une telle résistance. Sigefroy, comprenant qu'il ne triompherait pas sans
avoir recours à d'autres moyens d'attaque, employa la
moitié de ses compagnons à creuser un fossé autour de
son camp ; l'autre à construire des tours roulantes, des
béliers, des catapultes, des toits portatifs, à l'abri desquels on pouvait s'approcher sans crainte des murailles
ennemies. Pour se délasser de ces travaux, les Normands
se répandaient, de temps à autre, dans les campagnes
environnantes, enlevaient tout ce qu'ils y trouvaient et en
chassaient à coups de fouet les habitants jusque dans leur
camp.

Quand tout fut prêt pour l'assaut, Sigefroy ramena ses

guerriers devant la tour et commença d'en battre les murailles ; mais les Parisiens ne s'émurent pas à la vue de
ces machines formidables. Ils en mirent plusieurs hors de
service, en y jetant des torches enflammées, ou en les
écrasant sous des quartiers de rocher.

Un fossé profond ceignait la tour et empêchait les
Normands de se servir des échelles qu'ils avaient appor-
tées. Sigefroy ayant ordonné de combler ce fossé, on y
vit rouler des pierres envoyées par les assiégés, des
poutres, des fascines, de la terre, des arbres tout entiers.
Enfin, les Normands, ne trouvant plus rien à y jeter,
firent approcher les paysans qu'ils avaient arrachés de
leurs demeures, les égorgèrent, sans distinction d'âge ni
de sexe, et précipitèrent leurs cadavres dans le fossé.

A ce spectacle, les Parisiens, saisis d'horreur, jettent
de cris de vengeance ; l'évêque, revêtu de ses ornements
pontificaux, prend le ciel à témoin d'un crime si atroce,
et, cédant à l'indignation qui remplit son âme, il saisit
l'arme d'un soldat, placé près de lui, et frappe de mort
un des chefs normands. Eudes, partageant cette légitime
colère, ordonne une sortie, la dirige lui-même, et ne
rentre dans la tour qu'après avoir fait éprouver de grandes
pertes à ces féroces ennemis.

Sigefroy, voyant ainsi diminuer ses troupes et ne
renonçant pas cependant à prendre Paris, fit charger
plusieurs barques de bois bien sec, de résine, de soufre,
et les fit conduire près des piliers du pont, auxquels on
les attacha. L'alarme fut grande parmi les Parisiens, lorsqu'ils virent les flammes lécher cette lourde charpente ;
mais, pendant que le plus grand nombre se livrait à
toutes les angoisses du désespoir, quelques généreux
citoyens se jetèrent dans le fleuve, s'approchèrent à la
nage des piliers menacés, coupèrent les câbles qui y rete-

naient les barques incendiaires, et celles-ci, poussées par le vent, allèrent se briser contre une digue de pierre.

Un autre danger succéda bientôt à celui du feu. La fonte des neiges, tombées en abondance pendant l'hiver, fit croître subitement le fleuve, dont les flots commencèrent à battre sans relâche les piles du pont. Contre ce nouvel ennemi, le courage était inutile; aussi les Normands se réjouissaient-ils quand, chaque matin et chaque soir, ils pouvaient signaler une nouvelle élévation des eaux.

Depuis que les pirates attendaient paisiblement que le fleuve eût accompli son œuvre de destruction, la garde de la tour avait été confiée à douze vaillants bourgeois. Quand Eudes vit le pont ébranlé par des secousses répétées, il leur fit dire de rentrer dans la ville, avec laquelle ils ne pourraient plus communiquer, si le pont venait à être emporté. Ces douze braves répondirent qu'ils resteraient à leur poste; car il ne fallait pas que les Normands pussent croire à la reddition de la tour. Ils ne s'émurent point quand ils entendirent les piles du pont céder à l'effort des eaux et qu'ils en virent flotter les débris; mais ils se préparèrent à vendre chèrement leur vie, puisqu'ils ne devaient plus compter sur aucun secours.

Les Normands, au nombre de dix mille, investirent la tour et donnèrent l'assaut. Les douze Parisiens soutinrent l'attaque avec tant de valeur, ils envoyèrent aux pirates tant de traits mortels, que ceux-ci, croyant avoir affaire à une troupe qui les décimerait, prirent encore une fois le parti d'incendier la tour. Ils y réussirent sans que ses derniers défenseurs cessassent de combattre. Un d'entre eux seulement avait jeté son épée pour s'emparer d'un seau avec lequel il s'efforçait de retarder les progrès des flammes, afin que ses compagnons pussent abattre un plus grand nombre d'ennemis. Tous leurs coups portaient ; mais le brasier allumé autour d'eux grandissait sans cesse ; la fumée les suffoquait, et leur dernier instant ne pouvait être éloigné. Ils se rappelèrent soudain que des éperviers et des faucons étaient, comme eux, enfermés dans la tour ; ils coururent leur rendre la liberté, prouvant ainsi qu'ils étaient aussi bons que hardis.

Les nobles oiseaux s'enfuirent à tire-d'aile. A peine avaient-ils disparu, que la tour enflammée s'écroula, aux acclamations des Normands.

Ils s'élancèrent pour tuer ceux des défenseurs qui pouvaient avoir échappé à l'incendie. L'un d'eux était de si haute mine, qu'ils le prirent pour un chef et voulurent l'épargner ; mais il leur dit que jamais il ne paierait rançon pour sa tête, et il fut égorgé, comme ses compagnons.

L'empereur Charles le Gros était alors en Germanie. Informé de l'héroïque résistance de Paris, il résolut de porter secours à cette ville et y envoya le duc Henri de Saxe, avec quelques bataillons. Henri fondit à l'improviste sur les Normands, leur tua beaucoup de monde, et pénétra dans Paris à la faveur d'une sortie, dans laquelle Eudes combattit avec une admirable valeur.

Sigefroy, ne pouvant se résoudre à demeurer plus longtemps l'ennemi de si vaillants hommes, conseilla aux Normands de faire alliance avec eux. N'ayant pas réussi à inspirer aux autres chefs, ses collègues, le désir de la paix, il se retira, suivi des guerriers de sa tribu. Mais il restait encore une armée devant les murs de la vaillante cité ; les attaques se succédèrent, et la confiance qui avait soutenu jusque-là les Parisiens s'affaiblit sensiblement. L'évêque Gozlin, qui, depuis le commencement du siége, s'était toujours montré au plus fort du danger, pour bénir les combattants, soigner les blessés, consoler les mourants ; Gozlin, dont le nom était dans toutes les bouches et dans tous les cœurs, succombant aux fatigues qu'il s'était imposées, rendit le dernier soupir, en priant Dieu de délivrer la vaillante cité.

La disette commençait à se faire sentir : on ne parlait pas de se rendre, mais on n'espérait plus triompher. Eudes déclara aux Parisiens qu'il voulait aller lui-même chercher des secours, auprès de l'empereur, les engagea à tenir bon pendant son absence, qu'il leur promit d'abréger autant qu'il le pourrait, et partit avec le duc de Saxe.

Quand il revint, la peste était dans la ville, et les vivants suffisaient à peine pour enterrer les morts ; mais Paris était encore libre. Eudes y rentra, et avec lui le courage et l'espérance ; car il annonçait l'arrivée d'une puissante armée, sous les ordres de Henri de Saxe. Ce prince ne tarda point à paraître ; mais ayant imprudemment attaqué les pirates dans leur camp, il y trouva la mort, et ses soldats, presque tous Allemands, se retirèrent, sans faire d'autre effort pour délivrer la ville.

Les Normands, n'ayant plus rien à craindre de cette armée, profitèrent de l'abaissement des eaux de la Seine pour donner l'assaut à la place. Déjà ils en forçaient les portes : Eudes rassemble les habitants, les anime à se bien défendre, et Anschéric, successeur de Gozlin, promet la miséricorde divine à tous ceux qui mourront pour leur pays. Epuisés par les privations et la maladie, les Parisiens retrouvent la force de combattre encore. Gerbolde, l'un d'eux, se place à l'entrée d'une rue par laquelle arrivent les Normands, leur en ferme le passage et y soutient seul leurs efforts. Eudes et Robert les repoussent sur d'autres points, les rejettent hors des murs, les poursuivent et en font un grand carnage.

Peu de jours après, une bonne nouvelle vient réjouir Paris : l'empereur arrive avec une nombreuse armée. Mais quelle déception ! Au lieu de combattre, cet indigne descendant de Charlemagne donne aux Normands, pour qu'ils s'éloignent, sept cents livres d'argent, et leur permet de ravager la Bourgogne, qui s'est révoltée contre lui.

Outrés d'une si grande lâcheté, les Parisiens ne voulurent pas s'en rendre complices. Ils continuèrent à refuser aux Normands le passage de la Seine, tuèrent leur pilote, mirent le désordre dans leur flotte et les obligèrent à transporter, à force de bras et de machines, leurs barques par terre, l'espace de deux lieues.

Délivré des Normands, Paris n'ouvrit point ses portes à Charles. Après avoir ainsi déshonoré sa couronne, il ne pouvait plus régner. Une assemblée de nobles francs le déposa, et le vaillant Eudes, comte de Paris, fut choisi pour lui succéder.

Eudes appela les guerriers de la Bourgogne, de l'Aquitaine et de la Neustrie, à la défense de sa capitale, menacée par de nouvelles hordes barbares. Il se mit à la tête de ces braves pour repousser les attaques des Normands. Profitant d'un moment où l'amour du pillage les avait éloignés de Paris, il les suivit, et leur livra, près de Montfaucon, une bataille décisive. Ceux qui n'y trouvèrent point la mort se hâtèrent de regagner leurs barques ou furent emmenés prisonniers dans la ville qu'ils avaient juré de prendre.

A la vue de leur roi victorieux, les Parisiens firent éclater leur joie. Anschéric vint au-devant de lui, et ils allèrent ensemble rendre grâces à Dieu dans son temple.

Les prisonniers normands crurent leur dernière heure arrivée ; car ils ne doutaient point que le roi des Francs ne les sacrifiât à son Dieu. Ils entonnaient déjà l'hymne de mort, suivant la *coutume de leur nation*, lorsque l'évêque leur dit :

— Le Dieu que nous adorons est un Dieu de miséricorde, et ses autels n'ont jamais été souillés du sang de nos ennemis.

Tant que le bon roi Eudes vécut, les Normands n'osèrent reparaître en France ; mais, après sa mort, ils revinrent sous la conduite de Rollon, le plus brave et le plus habile de leurs chefs. Rollon força le roi Charles le Simple de lui céder la Neustrie, embrassa le christianisme et donna de si sages lois aux pirates qui l'avaient suivi, qu'il en fit un tout autre peuple. Si l'on en croit la chronique, « il ne se trouva plus de larrons entre eux, et la chaisne d'or du duc, pendue en un chesne, lequel ombrageoit une mare, dans la forêt voisine de la ville de Rouen, y demeura trois ans, encore que ce fust une grande amorce à ceux qui s'abstiennent difficilement des occasions qui chatouillent leur convoitise. »

Les Normands, civilisés par le christianisme et sagement gouvernés par Rollon, conservèrent, de leur ancien caractère, l'audace, la ruse, l'amour des conquêtes et du butin. Ils devinrent bientôt un peuple fort et puissant, et leurs chefs ne supportèrent qu'avec peine l'autorité des rois dont, en vertu de l'organisation féodale, les possesseurs des terres situées en France étaient les vassaux.

Sans compter la Bretagne, qui s'était donné des rois, il y avait déjà du temps de Charles le Chauve plusieurs grands fiefs, dont les maîtres oubliaient souvent l'obéissance due au roi, leur suzerain. C'étaient les comtés de Toulouse, de Gascogne, d'Auvergne, de Flandre ; le duché de Bourgogne et celui d'Aquitaine, enfin le grand-duché de France, érigé en faveur de Robert le Fort, vaillant et illustre guerrier, qui mourut en combattant Hastings, un des plus fameux chefs normands.

Tout homme libre pouvait se choisir un seigneur, soit le roi, soit un de ses vassaux; et les vassaux, étant souvent plus riches et plus puissants que le roi, obtenaient sur lui la préférence.

Les grands seigneurs ne cherchaient d'ailleurs qu'à empiéter sur les domaines de la couronne; et comme ils n'étaient obligés de suivre le roi qu'en cas de guerre avec l'étranger, ils pouvaient lui refuser l'obéissance, quand il les appelait à marcher contre quelqu'un d'entre eux.

Les possesseurs des grands fiefs ne dépendaient que du roi et ne devaient hommage qu'à lui ; mais ils avaient sous leur dépendance un grand nombre de vassaux, dont ils recevaient l'hommage, et ces derniers avaient aussi les leurs. Il suffisait pour cela qu'ils pussent concéder, à charge de foi et hommage, une terre, si peu considérable qu'elle fût, le droit de chasse dans quelqu'un de leurs bois, ou de péage sur un de leurs cours d'eau.

Les grands seigneurs avaient seuls d'abord le droit de haute et basse justice dans leurs domaines. Les possesseurs de fiefs moins considérables se l'arrogèrent peu à peu, et il vint un moment où celui qui se crut offensé ou lésé aima mieux en appeler à son épée qu'à l'équité de son suzerain. On ne devait pas attaquer son ennemi sans déclaration de guerre ; mais cette formalité remplie, on avait le droit de s'armer contre lui.

On guerroyait donc sur tous les points du royaume, alors divisé en une multitude de fiefs, ayant chacun ses lois, ses coutumes et son chef, à peu près indépendant.

« Ce chef, ce noble, n'avait pas seulement des vassaux, dit M. Duruy; il avait des sujets, résidant sur la portion de son fief qu'il n'avait pas inféodée. Et d'abord les serfs proprement dits, les hommes de la terre, livrés à son entière discrétion. Le sire, dit Beaumanoir, peut leur prendre tout ce qu'ils ont et les tenir en prison toutes les fois qu'il lui plaît, soit à tort, soit à droit, et il n'est tenu d'en répondre, fors à Dieu. »

Parmi les serfs, il y en avait de moins malheureux que ces premiers. Ils avaient à payer à leurs seigneurs une redevance fixe et ne pouvaient être maltraités injustement. Mais ni les uns ni les autres ne pouvaient se marier sans le consentement de ce seigneur, consentement qu'il fallait souvent acheter. Si l'homme et la femme n'appartenaient pas au même fief, les enfants étaient partagés entre les deux maîtres. Lorsqu'il n'y avait qu'un enfant, le seigneur de la mère avait le droit de le réclamer.

Le peu que les serfs laissaient en mourant revenait au seigneur. Aucun d'eux ne pouvait s'éloigner du domaine où il était né et dont il faisait partie.

Ceux des habitants du fief qui tenaient des terres du seigneur, moyennant une rente annuelle et certaines corvées qu'ils s'obligeaient à faire, étaient plus libres que les serfs, et transmettaient à leurs enfants le produit de leurs épargnes. On les nommait manants, vilains ou roturiers. S'ils dépendaient d'un maître juste, bon et peu guerroyeur, ils n'étaient pas malheureux; mais le nombre des hommes pacifiques était bien petit, et grand était celui des seigneurs qui ne se plaisaient qu'aux combats et au pillage.

Beaucoup dévalisaient les voyageurs et les marchands qui passaient à portée de leurs châteaux; et si dans les villes qui leur appartenaient, il se trouvait quelque manant enrichi, ils le rançonnaient impitoyablement.

Il n'y avait ni commerce ni industrie, puisqu'on ne trouvait de sécurité nulle part. La terre, mal cultivée, ne produisait presque rien, et dans ces guerres sans cesse renaissantes, ni les moissons ni les chaumières n'étaient épargnées. Aussi la famine sévissait souvent sur cette pauvre France, et, après la famine, venaient les épidémies les plus meurtrières.

Quant à l'ignorance, elle était complète, chez les nobles comme chez les vilains ; mais à l'ombre des monastères vivaient des hommes pieux et savants, qui nous ont laissé, dans leurs écrits, le fidèle tableau des misères de leur temps.

Cependant, malgré cette profonde ignorance, malgré les excès de toutes sortes qui accompagnaient les sanglantes querelles des seigneurs, les âmes ne s'avilirent point. Le sentiment de l'honneur y demeura intact, n'attendant que l'occasion de se montrer plus puissant que jamais.

On vit, à la voix d'un simple moine, qui racontait les malheurs de Jérusalem, les ducs, les comtes, les barons oublier leurs griefs réciproques, rendre la liberté à leurs serfs, vendre leurs biens à vil prix, pour marcher au secours de la ville sainte, tombée aux mains des Turcs. Une croix rouge attachée sur leur poitrine fut le signe de leur engagement, et de là vint le nom de croisades, donné à ces hasardeuses expéditions.

Les serfs et les manants suivirent l'exemple des nobles ; ils partirent même les premiers, emmenant avec eux leurs femmes et leurs enfants. « Une si grande disette régnait alors, dit un chroniqueur, que les pauvres étaient réduits à dévorer l'herbe des champs ; mais tout à coup on put acheter sept brebis pour sept deniers. »

Huit croisades se succédèrent dans l'espace de cent

vingt ans. Plusieurs peuples y prirent part; mais les Français surtout s'y distinguèrent. L'un d'eux, Godefroy de Bouillon, dont les merveilleux exploits ont été chantés par les poëtes, eut, en l'an 1099, l'honneur d'entrer le premier dans Jérusalem, dont il devait être couronné roi.

Ce royaume dura peu, et il ne revint en France qu'un petit nombre de ceux qui s'étaient mis en marche avec tant d'ardeur. Les autres croisades n'eurent guère plus de succès; mais elles furent fécondes en grands résultats.

Elles rouvrirent au commerce de l'Europe les routes de l'Asie, donnèrent du travail à une multitude d'artisans, suspendirent pour un temps les guerres privées, et, si elles ne les éteignirent pas tout à fait, les rendirent plus courtes et plus rares. Mais surtout elles réveillèrent dans les cœurs l'amour de la patrie. Tant qu'ils n'avaient pas quitté leurs pays, les Bretons, les Flamands, les Aquitains, les Bourguignons, ne s'étaient point inquiétés de savoir s'ils étaient Français; mais dans ces lointaines expéditions, ils s'étaient reconnus, rapprochés, secourus, comme faisant partie d'une même famille.

Enfin, l'absence des seigneurs, la mort de plusieurs d'entre eux, l'appauvrissement de presque tous, permirent aux rois d'étendre peu à peu leur autorité, et de travailler à ne faire qu'une seule nation de tous ces petits Etats qui divisaient la France.

IV.

Rivalité de la France et de l'Angleterre. — Bataille de Crécy. — Eustache de Saint-Pierre et ses compagnons. — Combat des Trente.

Plus la puissance des seigneurs avait grandi, plus celle du roi s'était affaiblie. Les derniers descendants de Charlemagne en vinrent à ne plus rien posséder, Hugues le Grand, duc de France, s'étant fait céder par Louis IV la ville de Laon, qui seule restait encore à la couronne de France.

N'ayant plus ni terres ni argent pour récompenser leurs serviteurs, ils se virent abandonnés et appelèrent les Allemands à leur aide. Les Français ne leur pardonnèrent point cette faute, et, même avant l'extinction de la famille carlovingienne, une nouvelle dynastie prit possession du trône dans la personne de Hugues Capet.

Hugues Capet, maître du duché de France, frère du

duc de Bourgogne et beau-frère du duc de Normandie, était un puissant seigneur ; mais les rois ne s'enrichissaient pas alors ; et, après les règnes de Robert et de Henri Ier, fils et petit-fils de Hugues Capet, Philippe Ier était loin de posséder encore le duché de France tout entier.

Le pouvoir féodal était arrivé à son apogée, et l'un des grands vassaux de la couronne allait devenir plus redoutable que jamais.

Le septième duc de Normandie, Guillaume, surnommé le Conquérant, ayant formé le projet de s'emparer de l'Angleterre, promit des terres et des châteaux à qui le seconderait dans cette grande entreprise. Une foule de guerriers accoururent sous sa bannière, s'embarquèrent avec lui à Saint-Valery et gagnèrent heureusement les côtes de l'Angleterre.

Là, ils livrèrent bataille au roi Harold, qui fut défait et trouva la mort dans le combat. Guillaume dépouilla les Anglo-Saxons de leurs terres, les donna aux Normands et aux étrangers qui l'avaient suivi ; puis il acheva la conquête du pays et devint roi d'Angleterre.

Plus puissant alors que le roi de France, le nouveau monarque envoya sommer Philippe Ier de lui rendre le Vexin, qui avait fait partie de son duché de Normandie. Philippe, au lieu de répondre sérieusement aux députés de son vassal, se permit une raillerie qui, sans doute, eût mis la France en grand péril, si la mort n'eût arrêté la vengeance du Conquérant.

Ni Philippe ni Guillaume ne prirent part à la croisade ; mais Louis le Gros, fils de Philippe, commença d'en recueillir les fruits. Il guerroya pendant tout son règne contre les grands, et il y fut puissamment aidé par le peuple, qui, las de souffrir tant de misères, demanda, dans beaucoup de villes, le droit d'acheter sa liberté.

Louis le Gros favorisa l'affranchissement de ces villes, qui prirent le nom de communes, et se firent gouverner par des magistrats de leur choix.

Dans la guerre qu'il fit à Henri Ier, successeur de Guillaume le Conquérant, Louis se vit soutenu par une telle quantité de gens des communes, qu'on eût dit des nuées de sauterelles, écrivait son ministre Suger.

Une haine jalouse devait régner longtemps entre les rois de France et ceux d'Angleterre, leurs puissants vassaux, dont le pouvoir s'accrut encore, par la faute de Louis VII, fils et successeur de Louis le Gros.

Louis VII avait, du vivant de son père, épousé Eléonore de Guienne, et ce mariage l'avait rendu maître d'une grande partie du midi de la France. La reine lui ayant donné des sujets de mécontentement pendant la seconde croisade, où elle l'avait accompagné, il la répudia, malgré les conseils de Suger, et lui rendit sa belle dot. Redevenue libre, Eléonore choisit pour époux, malgré la défense du roi, Henri Plantagenet, duc d'Anjou et de Normandie, qui ne tarda point à monter sur le trône d'Angleterre.

Louis VII jura d'enlever à ce prince ses domaines de France et entra aussitôt en campagne ; mais son imprudente valeur ne servit qu'à affermir le pouvoir des Anglais. Vaincu dans plusieurs combats, Louis consentit à traiter avec son vassal.

Sous le règne suivant, les rôles changèrent : l'Angleterre, gouvernée par Richard Cœur de lion, brillant chevalier et roi ménestrel, ne put lutter avec avantage contre la France, dont le sceptre était aux mains de Philippe-Auguste, prince vaillant, ferme et sage.

Richard mourut. Jean sans Terre, son successeur,

assassina lâchement le jeune Arthur de Bretagne, son neveu, et Philippe, habile à profiter des circonstances, cita le meurtrier devant la cour des pairs, qui prononça la confiscation de ses biens. Le roi de France se chargea de l'exécution de la sentence et réunit à sa couronne la Normandie, le Maine, la Touraine et l'Anjou.

Louis VIII, son fils, s'assura la possession de ces provinces ; mais la mort l'ayant frappé pendant que Louis IX n'était encore qu'un enfant, Henri III, roi d'Angleterre, soutint contre la régente, Blanche de Castille, les grands vassaux révoltés. La sage princesse désarma les rebelles et les fit rentrer dans le devoir ; mais tous savaient que leur roi avait un ennemi dans le monarque anglais, et le comte de la Marche, ayant irrité Louis IX, réclama l'appui de Henri III.

Louis se mit à la tête de son armée, chercha les Anglais et les rencontra sur le pont de Taillebourg. Aussitôt, s'élançant contre eux, le sabre à la main, il les mit en déroute. Le lendemain, une seconde victoire couronna sa valeur ; les Anglais s'enfuirent, et le comte de la Marche fut forcé de se soumettre.

Mais si Louis était vaillant et sage, il était avant tout probe et loyal. Ayant conçu quelque doute sur la légitimité de ses droits à posséder les provinces conquises par Philippe-Auguste sur les Anglais, il rendit volontairement à Henri le Limousin, le Quercy et le Périgord. Il conclut avec lui une paix qui ne fut troublée que sous le règne de Philippe le Bel, par une querelle survenue entre deux matelots, l'un Anglais, l'autre Normand. Celui-ci, frappé d'un coup de poignard par son adversaire, fut bien vengé par ses compatriotes. Ils se mirent aussitôt en chasse, s'emparèrent du premier navire anglais qu'ils rencontrèrent et pendirent entre deux chiens le brave marin qui le commandait.

Les Anglais, blessés d'un si cruel affront, jurèrent d'en tirer vengeance et tinrent parole.

Ils réunirent leurs forces, battirent une flotte normande, s'emparèrent du port de la Rochelle et mirent cette ville au pillage. Philippe le Bel demanda réparation à Edouard Ier, son vassal, fit prononcer la confiscation de la Guienne, qui appartenait à ce prince, et s'empara de plusieurs places fortes. Edouard s'allia contre son suzerain avec l'empereur d'Allemagne, le duc de Brabant et le comte de Savoie. Philippe eut pour lui les Ecossais, qui battirent trois armées anglaises ; mais il fut vaincu près de Courtrai par les Flamands révoltés, et les deux rois, également humiliés, conclurent une trêve que ni l'un ni l'autre n'eurent le temps de rompre.

Edouard II et Charles le Bel s'étant brouillés à propos d'une forteresse située en Guienne, la plus grande partie de cette province fut conquise par les Français ; mais ces querelles, si souvent renouvelées, n'étaient que le prélude d'une guerre terrible, qui devait désoler la France pendant près de cent ans et faire oublier les invasions des Sarrasins et des Normands.

Charles le Bel étant mort sans héritier mâle, Philippe de Valois, son cousin germain, lui succéda ; mais Edouard III, roi d'Angleterre, neveu de Charles par sa mère Isabelle, prétendant avoir des droits à la couronne de France, s'efforça de susciter des ennemis à Philippe de Valois. Se rappelant alors que la Normandie était le berceau de ses ancêtres, il donna à son fils le titre de duc de cette province.

La Normandie, réunie à la France, avait d'abord regretté son indépendance ; mais la prospérité de son commerce, la fertilité de ses campagnes, tous les biens de la paix, l'avaient promptement consolée. Elle protesta

contre l'usurpation d'Edouard, en offrant à Philippe de
Valois des secours d'hommes et d'argent, et en le priant
de permettre aux Normands de conquérir encore une fois
l'Angleterre. Philippe répondit qu'il y ferait une descente, après avoir battu Edouard en Flandre, et qu'il
partagerait les terres de ce royaume entre les braves
chevaliers, les évêques et les villes de la Normandie. Il
alla prendre à Saint-Denis la bannière des rois de France
et se rendit à Saint-Quentin, où il avait donné rendez-
vous aux seigneurs armés pour sa cause.

Anglais et Français s'observèrent pendant quelques
jours, puis se séparèrent sans combattre, Philippe
n'ayant pas voulu, dit-on, risquer sa belle armée,
parce que Robert, roi de Naples, qui passait pour très-
habile dans l'art de prédire l'avenir, lui avait annoncé
qu'elle serait battue. Edouard retourna en Angleterre, et
les chevaliers accourus sous l'oriflamme regagnèrent
leurs domaines.

Le roi de France s'occupa de faire venir de l'Italie, de
la Bretagne et de la Normandie, des navires qu'il réunit
à l'Ecluse, afin d'empêcher les Anglais de reparaître, au
printemps, sur les côtes de Flandre. Mais, au lieu d'aller
attendre Edouard en mer, cette flotte se tint devant le
port où il devait débarquer. Le comte de Flandre envoya
des secours aux Anglais pendant le combat ; les Français
furent mis en fuite et les vainqueurs allèrent assiéger
Tournay.

Philippe appela ses vassaux à son aide et s'avança pour
délivrer la place. Les deux princes allaient en venir aux
mains, lorsque Jeanne de Valois, sœur de Philippe et
belle-mère d'Edouard, les décida à remettre au saint-
père le soin de prononcer sur leurs griefs mutuels et à
conclure une trêve d'une année en attendant ce jugement.

Mais il y avait trop de haine dans le cœur de ces deux rivaux pour que les efforts du pape pussent avoir le résultat que Jeanne s'en était promis. Toute occasion de se déclarer contre Philippe semblait une bonne fortune à Edouard, et les difficultés que fit naître en Bretagne la mort du duc Jean III lui fournirent un prétexte de rentrer en guerre avec la France.

Jean III, ne laissant pas d'enfants, avait désigné pour lui succéder Jeanne de Penthièvre, sa nièce, qu'il avait donnée en mariage à Charles de Blois, neveu de Philippe de Valois. Jean de Montfort, frère puîné de Jean III, prétendit que le duché de Bretagne lui appartenait. La cour des pairs se prononça contre lui, en faveur de Jeanne de Penthièvre, et il eut le tort d'invoquer l'appui du roi d'Angleterre.

Philippe le cita devant la cour des pairs, et, Jean étant venu à Paris, il le fit enfermer dans la tour du Louvre. Le roi croyait ainsi terminer ce différend ; mais il comptait sans le courage de Jeanne de Flandre, comtesse de Montfort. Cette illustre héroïne se mit elle-même à la tête des troupes et soutint les efforts de Charles de Blois, en attendant l'arrivée des secours promis par le monarque anglais.

Edouard entra en Bretagne, tout en protestant qu'il n'y venait pas combattre Philippe de Valois, mais reconquérir l'héritage du fils de Jean de Montfort, dont il avait accepté la tutelle, et dont il voulait faire son gendre.

Il prit Rohan, Pontivy, Ploërmel, Malestroit, plusieurs autres places, et mit le siége devant Rennes, Nantes et Vannes. C'était beaucoup entreprendre à la fois ; aussi fut-il obligé de rappeler ses troupes pour les concentrer autour de cette dernière ville. A l'approche d'une armée française, il fortifia son camp et y resta jusqu'à ce que le manque de vivres s'y faisant sentir, il fut obligé de se décider à offrir la bataille au duc de Normandie, fils du roi de France.

Le jour du combat était fixé, lorsque Philippe envoya un héraut à Edouard, pour lui annoncer qu'il venait lui-même relever le défi accepté par son fils. Edouard ne se pressa point de sortir de ses retranchements. Philippe l'attendit pendant cinq jours, sûr de le voir décamper enfin, puisque la faim régnait parmi ses soldats. Mais au moment où les Anglais allaient se risquer, deux cardinaux, envoyés par le pape Clément VI, vinrent supplier le roi de France et le roi d'Angleterre d'épargner le sang de leurs sujets et de consentir enfin à une paix sérieuse. Ils plaidèrent si bien la cause de la religion et de l'humanité, que les deux adversaires signèrent une trève de quatre années, et en jurèrent l'observation sur l'Evangile.

Tous deux, sans doute, étaient sincères ; mais la trahison de Geoffroy d'Harcourt et d'Olivier de Clisson, qui, faits prisonniers par les Anglais dans la dernière campagne, s'étaient donnés à Edouard, suffit pour rallumer la guerre. Philippe, informé de cette défection, fit arrêter Olivier dans un tournoi et le fit mettre à mort, ainsi que plusieurs autres seigneurs bretons qui avaient, comme lui, abandonné la cause de Charles de Blois. Cette imprudente sévérité indigna le roi d'Angleterre. Il eut aussitôt la pensée d'user de représailles sur Hervé de Léon, alors prisonnier en Angleterre. Le comte de Derby l'ayant ramené à de plus justes sentiments, Edouard renvoya Hervé moyennant une légère rançon, en lui faisant promettre toutefois d'aller trouver Philippe, pour lui déclarer que, vu l'injuste arrêt porté contre les chevaliers bretons, le roi d'Angleterre regardait la trève comme rompue.

Les Anglais et les Français recommencèrent donc à combattre en Bretagne, pour assurer, les uns à Jean de Montfort, les autres à Charles de Blois, la possession du duché, ruiné et dévasté par cette cruelle guerre. Bientôt cette malheureuse province ne suffit plus aux armes d'Edouard. Il se contenta d'y laisser des troupes et entra en Normandie. Ce fut la faute d'un seigneur normand, Geoffroy d'Harcourt, qui, devenu l'ennemi de Philippe de Valois, conseilla au roi d'Angleterre d'aller guerroyer dans ce gras et beau pays, où ses gens devaient, disait-il, trouver si grande chère et si merveilleux butin, qu'ils s'en sentiraient encore vingt ans après.

Edouard partit pour la Hougue avec mille vaisseaux, chargés de vaillants hommes, auxquels il voulut qu'on donnât lecture de la lettre écrite au roi dé France par les Normands. Les Anglais devinrent furieux; ils se battirent comme des lions, prirent Honfleur, Cherbourg, Valognes, Saint-Lô, ruinèrent ces villes, dévastèrent les campagnes, brûlèrent les maisons et les forêts; en un mot, commirent tant de cruautés, que tous les chevaliers français, animés du désir d'une prompte vengeance, vinrent se ranger sous la bannière de Philippe.

Edouard, sans les attendre, longea la Seine et s'avança jusqu'à Poissy, dans l'intention de se replier sur la Flandre; car il comprenait la difficulté de traverser, pour regagner ses vaisseaux, les pays qu'il venait de ravager. Arrivé sur les bords de la Somme, il en trouva tous les ponts coupés ou gardés par les troupes françaises. Son embarras et le découragement de ses soldats étaient extrêmes, lorsqu'un paysan, séduit par l'espoir d'une grosse récompense, lui indiqua, près d'Abbeville, un gué qu'il pouvait franchir, entre deux marées, pour gagner les hauteurs de Crécy.

Puisque nous rendons hommage aux glorieux défenseurs de la patrie, il faut bien aussi que nous flétrissions ceux qui l'ont trahie. Si le nom de cet homme qui, pour un peu d'or, vendit à Edouard le sang de tant de Français s'était conservé, on le jetterait encore à la face des traîtres comme une mortelle injure.

Le roi d'Angleterre ne se croyait pas sauvé ; mais il se réjouissait du moins à la pensée de pouvoir vendre chèrement sa vie. Il se fortifia à la hâte sur la colline et releva du mieux qu'il put le courage de ses soldats, qu'il voyait tout abattus et consternés. Il réunit à souper ses comtes et ses barons, et, sûr qu'ils se battraient vaillamment quand il ne leur resterait aucun espoir, il leur dit que ce repas était sans doute le dernier qu'ils dussent faire ensemble. Au point du jour, il engagea son fils, le prince de Galles, alors âgé de treize ans, à gagner les éperons de chevalier ; puis il adressa quelques fières paroles à ses gens d'armes et leur fit promettre de tenir ferme.

Les Français, qui le poursuivaient depuis Poissy, parurent bientôt. Ils étaient fatigués de cette longue course, et ils avaient essuyé, chemin faisant, un terrible orage ; mais, dès qu'ils aperçurent l'ennemi, ils oublièrent tout le reste et s'élancèrent vers la colline, qu'ils trouvèrent flanquée d'un vaste abattis d'arbres. Philippe, d'après l'avis de quelques-uns de ses capitaines, voulait attendre au lendemain pour livrer la bataille.

« Pourquoi tant de prudence ? lui dit son frère, le comte d'Alençon. Il ne nous faudra pas longtemps pour venir à bout de ces Anglais, et nos troupes se reposeront à l'aise après la victoire. »

Les chevaliers applaudirent de grand cœur à cette réponse et coururent à l'ennemi, précédés d'un corps d'archers génois qui devait commencer l'attaque, mais qui ne soutint pas même le premier choc, la pluie ayant détendu les cordes de leurs arcs, tandis que les Anglais, mieux avisés, les avaient cachées dans leurs chaperons. « Tuez-moi toute cette ribaudaille, qui nous empêche d'arriver à l'ennemi, » s'écria le roi, en voyant les Génois lâcher pied. L'exécution de cet ordre mit la confusion dans les premiers rangs de l'armée. Philippe les rallia, les conduisit de nouveau contre les Anglais et donna l'exemple d'un grand courage. Mais Edouard avait repris confiance.

Il excita ses gens en leur promettant le succès ; et quand il vit le roi, entouré de ses plus nobles chevaliers, affronter ses retranchements, il fit, dit-on, mettre le feu à quelques pièces de canon, les premières qu'on eût encore vues. Elles firent plus de peur que de mal ; mais les flèches des archers anglais blessaient les chevaux et les cavaliers. Philippe vit tomber ses plus braves serviteurs et ses plus nobles alliés. Le vieux roi Jean de Bohême, qui était aveugle, dit à ses chevaliers : « Je vous prie et requiers que vous me meniez si avant que je puisse férir d'un coup d'épée. »

On lui obéit, en attachant son cheval à ceux de ses voisins, et en les lançant contre l'ennemi.

Les chevaliers français firent des prodiges de valeur pour réparer l'imprudence de leur attaque ; ils traversèrent le redoutable corps des archers et tombèrent sur les gens d'armes du prince de Galles avec une telle furie, qu'on crut ce prince en grand danger. Edouard cependant ne voulut pas qu'on le secourût.

« Laissez l'enfant gagner ses éperons, dit-il, afin que l'honneur de la journée soit sien. »

Après la bataille, il embrassa cet enfant, qui devait se rendre si célèbre sous le nom de Prince Noir, et prononça ces seuls mots : « Vous êtes mon fils. »

Philippe de Valois cessa de combattre un des derniers. Son cheval avait été tué sous lui, et il était presque seul quand on l'arracha du champ de bataille, sur lequel il laissait trente mille hommes.

Edouard, ayant reçu des renforts, alla mettre le siège devant Calais, tandis que son lieutenant, Thomas d'Agworth, continuait à guerroyer en Bretagne contre Charles de Blois.

Charles était un saint, ce qui ne l'empêchait pas d'être un héros. Surpris avec peu de troupes, près de la Roche-Derrien, il se battit avec un courage incomparable ; mais, épuisé par dix-huit blessures, et ne pouvant plus tenir son épée, il la remit à un seigneur breton du parti de Montfort. Ce seigneur, nommé Du Chastel, traita le prince avec tous les égards dus à son rang et au pitoyable état dans lequel sa valeur l'avait mis. Il le conduisit à la Roche-Derrien et lui amena les hommes réputés les plus habiles dans l'art de panser les blessures et de composer les baumes. Le gentilhomme breton se réjouissait de sa capture, qui, certes, était une excellente affaire pour Jeanne de Montfort ; mais, en bon et loyal chevalier, il ne voulait pas que son prisonnier manquât de secours. Charles lui témoignait sa reconnaissance lorsque d'Agworth, informé de la belle prise de Du Chastel, vint lui rendre visite. Il s'approcha du lit sur lequel on avait placé le prince et lui dit :

— Charles de Blois, monseigneur Edouard d'Angleterre sera content lorsqu'il apprendra que vous êtes mon prisonnier.

— Cela n'est pas, d'Agworth, répondit Charles. Je suis le prisonnier du chevalier de Bretagne, ici présent.

— Ce chevalier a combattu sous mes ordres, et sa capture est mienne, reprit d'Agworth. D'ailleurs, il va vous remettre votre épée, et vous vous rendrez à moi, car je le veux.

— Non, répondit Charles, je ne me rendrai jamais à un Anglais.

— Je saurai bien vous y forcer, messire, dit d'Agworth avec colère.

— Celui qui ne craint pas la mort ne peut jamais être forcé de faire ce que l'honneur défend.

— Prends garde, Charles ! Ne m'irrite pas ; souviens-toi que tu es entre mes mains.

— Faites de moi ce qu'il vous plaira, messire. Je suis prêt à tout, sauf à trahir mon honneur.

— Rends-toi ! reprit l'Anglais, transporté de fureur. Rends-toi, ou mes archers vont t'achever.

— Qu'ils fassent leur devoir. Je ferai le mien.

— Tirez ! dit d'Agworth à quatre soldats de sa suite.

Ceux-ci se préparaient à lui obéir ; mais les chevaliers anglais qui l'avaient accompagné se joignirent à Robert Du Chastel, pour le supplier de ne déshonorer ni lui-même ni la cause qu'il servait, en mettant à mort un ennemi incapable de se défendre, ce fait étant réputé lâche et déloyal par les lois de la chevalerie.

D'Agworth, aveuglé par la colère, eut beaucoup de peine à se laisser persuader ; mais, ne pouvant renoncer à se venger du prince qui lui résistait si intrépidement, il le fit arracher de son lit et jeter tout sanglant sur la paille. S'il espérait, par ce cruel traitement, obtenir la soumission de Charles, il dut bientôt y renoncer. Le prince joignit les mains et dit :

— Je vous rends grâces, ô mon Dieu, de ce que vous m'ayez jugé digne de souffrir pour l'honneur de la France. Et, comme je suis un grand pécheur, je veux faire, jusqu'à la fin de ma vie, pour l'expiation de mes fautes, ce que je fais aujourd'hui pour la gloire du nom français. Je jure de n'avoir jamais de meilleur lit que celui que messire d'Agworth vient de me donner.

L'Anglais s'enfuit, pour ne pas percer lui-même le prince de son épée. Quelque temps après, il le fit transporter à Vannes, dont il venait de s'emparer, et l'y garda une année, avant de l'envoyer en Angleterre. Ne pouvant traiter comme il l'eût voulu ce prisonnier, qui n'était pas le sien, mais que Robert Du Chastel avait remis à Jeanne de Montfort, il fit tomber son ressentiment sur les habitants du pays, les rançonna, les pilla, leur causa tant de maux, que ces braves gens, ne sachant plus que faire, envoyèrent demander du secours à Philippe de Valois.

Philippe ne resta pas sourd à leurs prières ; mais il avait perdu tant de monde à la journée de Crécy, et il était si vivement pressé par les Anglais, qu'il ne put envoyer que peu de troupes en Bretagne. Les paysans se demandèrent alors pourquoi ils ne se chargeraient pas de leur propre défense ; pourquoi ils souffriraient, de la part des étrangers, tant d'injustes vexations, sans essayer d'en tirer vengeance. Les armes leur manquaient ; mais ils avaient des instruments de travail, des fourches, des faux, des haches, qu'ils sauraient bien rendre meurtrières. Ils y joignirent des massues, et, bien décidés à mourir plutôt qu'à supporter désormais ces maîtres insolents, ils allèrent prier le sire de Craon de les conduire au siège de la Roche-Derrien.

La place était forte et vaillamment défendue ; mais les assiégeants ne se rebutèrent pas. Pendant que les uns attaquaient ouvertement les murailles, d'autres les sapaient à petit bruit. Quand la brèche fut ouverte, tous s'y précipitèrent et recommencèrent l'attaque contre le château, dans lequel la garnison s'était retirée. Elle se rendit enfin , et, connaissant l'exaspération des paysans, elle demanda qu'on la conduisît sous escorte jusqu'à dix lieues de la ville. Le sire de Craon choisit ses plus braves chevaliers et leur confia le soin d'accompagner les Anglais. Ils s'en acquittèrent bien d'abord ; mais, arrivés à Châteauneuf-de-Quintin, ils ne purent les soustraire aux injures de la foule. Des injures on en vint aux coups, et, quelque effort que fissent les chevaliers pour protéger et défendre les Anglais, la haine du peuple était telle, que pas un soldat ne put échapper à la mort.

D'Agworth, instruit de ces faits, reconnut que si la vengeance des paysans bretons avait été trop loin, elle était du moins justifiée par toutes les violences auxquelles les Anglais s'étaient livrés. A la prière des chevaliers bretons, il signa un traité par lequel les Anglais s'engageaient, comme les Français, à épargner la vie et les biens de tous les gens qui cultivaient la terre et se livraient au travail ou au négoce. Ce traité fut approuvé par le roi d'Angleterre.

Edouard était alors devant Calais. La place était forte et si bien défendue par la garnison et par les habitants, que les Anglais, ne pouvant s'en emparer de force , résolurent de la prendre par la famine. Dix mois durant, ils serrèrent la ville de si près, qu'il n'y entra ni un sac de grain ni une tête de bétail ; mais les Calaisiens avaient de bonnes provisions et ils savaient les ménager. Enfin, il vint un moment où chacun reçut tout juste de quoi l'empêcher de mourir de faim.

Pourtant ils ne se plaignaient pas. Il leur semblait qu'ils ne pouvaient acheter trop cher le bonheur de rester Français, et ils espéraient, en prolongeant leur résistance, donner à Philippe de Valois le temps de les secourir.

Mais quand on ne trouva plus rien à manger dans la place, que les soldats n'eurent plus la force de manier leurs armes, et que les bourgeois virent leurs femmes et leurs enfants sur le point de succomber, il fallut bien songer à se rendre.

Les Calaisiens envoyèrent au roi d'Angleterre des députés, pour savoir quelles conditions il accorderait à leur ville. Edouard répondit qu'il en ferait à sa volonté. C'était la condamner au pillage. Les députés effrayés ne purent se décider à porter cette réponse à leurs concitoyens. Ils supplièrent le roi d'Angleterre de considérer qu'en se défendant comme ils l'avaient fait, les Calaisiens s'étaient conduits en gens de cœur, et lui dirent qu'ils espéraient d'un si grand et si vaillant prince un traitement moins rigoureux. On avait, en effet, vu souvent les vainqueurs honorer la valeur des vaincus, en leur accordant une capitulation avantageuse; mais Edouard avait tant souffert de se voir si longtemps arrêté devant Calais, qu'il ne se sentait nullement disposé à traiter cette place avec générosité. Cependant, fatigué des instances des envoyés, il voulut bien se relâcher un peu de sa rigueur.

— Je ne puis pardonner à votre ville, leur dit-il ; car son exemple pourrait être suivi ; mais je veux bien être clément. Que six des principaux bourgeois de Calais viennent, nu-pieds, en chemise et la corde au cou, m'apporter les clefs de votre cité; je ferai d'eux selon mon bon plaisir, et les autres auront leur grâce.

Les députés voulaient insister encore ; le roi les regarda d'un air courroucé et leur ordonna de s'éloigner. Ils reprirent bien tristement le chemin de la ville, où on les attendait avec une impatience plus facile à comprendre qu'à exprimer. Bientôt entourés de gens avides de savoir ce qu'avait résolu le roi, ils gardèrent un silence qui voulait dire : « Vous ne le saurez que trop tôt. » Ils ordonnèrent qu'on sonnât la cloche d'appel; et quand tous les habitants furent réunis sur la place publique, ils firent connaître, en versant des larmes, le résultat de leur mission.

Cette terrible révélation fut accueillie par des cris de douleur, des sanglots et des gémissements. Il fallait que six personnes mourussent pour épargner à la ville les horreurs du massacre et du pillage. Cela valait mieux sans doute que de tout livrer à la fureur du soldat; mais ces six personnes, où les trouverait-on? Les familles se rapprochaient, saisies d'effroi; on se regardait, on se comptait, en se demandant si bientôt quelqu'un ne manquerait pas au foyer. Qui donc allait être chargé de désigner les six victimes? Seraient-ce les magistrats? Serait-ce le sort? On allait, sans doute, s'arrêter à ce dernier parti, lorsque le plus riche bourgeois de la ville, sire Eustache de Saint-Pierre, se leva et dit :

« On ne peut laisser l'Anglais insulter, massacrer et piller toute une ville, quand il ne faut que la vie de six hommes pour que les autres soient en paix. J'ai si grande confiance en Jésus-Christ notre Seigneur, si je meurs pour sauver ce peuple, que je veux être le premier, et que je me mettrai volontiers, nu-pieds et la hart au cou, en la merci du roi d'Angleterre. »

Les cris de douleur firent place aux applaudissements. Eustache de Saint-Pierre fut admiré, entouré, remercié. C'étaient six victimes qu'il fallait à la colère d'Edouard; mais les nobles sentiments trouvent de l'écho dans les cœurs, et le peuple ne doutait plus de sa délivrance.

Un autre bourgeois, Jean d'Aire, s'arrachant des bras de sa femme et de ses deux belles damoiselles, vint se placer auprès d'Eustache, en disant qu'il lui ferait compagnie. Jacques de Wissant, riche homme « de meubles et d'héritage », dit qu'il irait avec ses cousins. Pierre de Wissant, son frère, en fit autant, et deux autres bourgeois, dont l'histoire n'a pas conservé les noms, se joignirent à eux. Ils rentrèrent dans leurs maisons, pour mettre ordre à leurs affaires, revêtir le costume des condamnés et dire adieu à leurs familles. Cela fait, ils quittèrent Calais, accompagnés des vœux et des bénédictions de leurs concitoyens.

On s'agenouillait sur leur passage ; les mères montraient à leurs enfants ces martyrs qui allaient se livrer à la mort, pour empêcher que leur ville natale ne fût mise à feu et à sang. Le peuple leur fit cortége jusqu'à la porte, les prêtres les bénirent et leur montrèrent le ciel.

Arrivés devant Edouard, ils se mirent à genoux, pour lui offrir les clefs de la ville, et lui demander merci. Le roi les regarda avec colère et ordonna qu'on fît venir le coupe-tête. Pendant qu'on lui obéissait, les seigneurs qui l'entouraient et qui l'avaient servi dans maints combats, implorèrent la grâce des six Calaisiens ; il ne daigna pas même les écouter.

Mais la tente royale s'ouvrit, et la reine d'Angleterre, Philippine de Hainaut, vint se jeter aux pieds de son époux.

« — Ah ! gentil sire, lui dit-elle, depuis que je repassai la mer, en grand péril, comme vous savez, je ne vous ai rien requis ni demandé. Or, je vous prie humblement que, pour le fils de sainte Marie et pour l'amour de moi, il vous plaise avoir de ces six hommes merci. »

« Le roi regarda la bonne dame, sa femme, qui pleurait à genoux moult tendrement ; le cœur lui mollit, et il dit :

« — Ha ! dame, j'aimerais mieux que vous fussiez

ailleurs qu'ici. Vous me priez de telle sorte, que je ne vous ose refuser, et quoique je le fasse avec peine, prenez-les, je vous les donne. »

Philippine, transportée de joie, courut aux prisonniers, les releva, leur adressa de flatteuses paroles, leur fit servir à dîner et donna à chacun six écus d'or; après quoi, on les reconduisit jusqu'à leur ville, où ils furent reçus avec des larmes de joie et de reconnaissance.

Le lendemain, tous les habitants quittèrent Calais, dont Edouard prit possession et qu'il repeupla d'Anglais (1347).

L'année suivante, la peste noire désola la France et l'Angleterre ; mais, quoique la mortalité fût affreuse, il fallut l'intervention du pape pour amener une trêve entre les deux rois, dont la haine semblait grandir de jour en jour.

Cette paix momentanée, qui aurait dû laisser aux populations le temps de respirer, après de si cruelles calamités, fut troublée par les désordres et les brigandages des troupes mercenaires qu'Édouard avait employées au siége de Calais. Ces troupes, n'ayant plus de moyens d'existence, se donnèrent pour chefs quelques aventuriers connus par leur audace, et se mirent, sous leur conduite, à ravager les provinces du royaume.

La trêve durait encore lorsque Philippe VI mourut, laissant le trône à Jean II, son fils. Toutefois, ces trêves ne concernant ni Jean de Montfort ni Charles de Blois, les Anglais et les Français continuaient de guerroyer en Bretagne.

On ne trouve pas d'expressions pour peindre les malheurs de ces villes tant de fois prises et reprises, de ces campagnes incendiées et pillées, de ces pauvres paysans rançonnés tour à tour au nom des deux partis. Les Fran-

çais, fidèles à leur parole, épargnaient les laboureurs et
les marchands ; mais les aventuriers, qui se disaient de
leur parti, ne les imitaient pas. Tant que d'Agworth avait
vécu, il avait fait aussi respecter le traité ; mais Bembroug, qui venait de le remplacer en Bretagne, s'en
souciait fort peu. Il sortait souvent de Ploërmel, de nuit
comme de jour, ravageait les terres, emmenait les
paysans et les chassait devant lui comme de vils trou-
peaux. Cela déplaisait fort à messire de Beaumanoir,
lequel était à Josselin, avec plusieurs vaillants chevaliers,
attachés à Charles de Blois.

Beaumanoir s'avisa un jour d'envoyer demander un
sauf-conduit à Bembroug, pour l'aller voir, ce qui lui fut
accordé. Il alla donc trouver cet Anglais, lui reprocha de
faire mauvaise guerre et lui dit « que les vrais soldats
n'avoient point accoustumé de travailler les laboureurs,
sans lesquels la terre demeureroit à labourer et un chacun seroit affamé ; qu'il fist doncques la guerre à ceux
qui s'en pouvoient défendre, non pas aux pauvres
paysans (1). »

Bembroug se mit en colère et répondit qu'il n'y avait
pas au monde de plus vaillants hommes que ceux de sa
nation ; que ce n'était pas aux Bretons ni aux Français à
se « parangonner » aux Anglais, et que bientôt leur
sir Edouard serait le maître de la Bretagne et de toute la
France.

— Faites un autre songe, Bembroug, dit Beaumanoir ;
car ceci est mal songé. Vous n'êtes pas encore maître de
la Bretagne, et votre sir Edouard ne sera jamais roi de
France. Quant à la bravoure des Anglais et des Bretons,
l'expérience en décidera ; et, s'il vous déplaît d'attendre

_____

(1) D'Argentré.

l'occasion, je vous la fournirai, quand et où bon vous semblera. Donc, si vous avez bon cœur, comme vous le dites, prenez cent, ou cinquante, ou trente de vos gens, et trouvez-vous en un lieu que vous indiquerez. J'y serai avec pareil nombre des miens. Et surtout ne faillez pas, comme vous fîtes à Boussac, où vous aviez rendez-vous avec Pierre Bigier et où l'on ne vous a pas vu.

Bembroug, piqué de ce reproche, accepta le défi. Il promit à Beaumanoir de se trouver le samedi, veille du dimanche *Lœtare*, sous le chêne de la Mi-Voie, entre Ploërmel et Josselin, avec trente combattants.

Tout étant convenu, Beaumanoir se hâta de reporter la bonne nouvelle aux gentilshommes de la garnison de Josselin. Tous demandèrent de faire partie de ces trente élus ; mais Beaumanoir choisit les chevaliers et les écuyers qui avaient fait leurs preuves avec le plus d'éclat. Bembroug, ne trouvant pas assez d'Anglais sur lesquels il pût compter, fut obligé de leur adjoindre six Allemands et quatre Bretons du parti de Montfort.

Les combattants étaient en présence, lorsque Bembroug dit à Beaumanoir qu'ils s'étaient avancés un peu légèrement, que cette affaire ne pouvait avoir lieu sans la permission des princes, et que, quand ils se feraient tous tuer, la querelle de Blois et de Montfort n'en serait pas plus avancée.

— Il est vrai, répondit Beaumanoir ; aussi n'est-ce pas pour les princes que nous combattons, mais pour l'honneur de nos deux nations.

— C'est folie, reprit Bembroug ; car si vous perdez vos compagnons, la Bretagne ne possédera plus de tels hommes.

— Vous vous trompez, Bembroug, dit Beaumanoir ; la fleur du duché n'est pas ici. Je n'ai ni Laval, ni Montfort, ni Lohéac ; mais j'ai de vaillants hommes, des chevaliers de vertu. Il faut les éprouver.

C'était aussi l'avis de tous les gentilshommes qui l'avaient accompagné. Chacun se disposa donc à bien faire, et le signal du combat fut donné. Les Anglais eurent d'abord l'avantage ; car, du côté de Beaumanoir, Mellon et Poulard furent tués ; Tristan de Pestivien fut blessé ; Roussetot et Bodegat, abattus à coups de maillet, furent faits prisonniers, avec Yves Charruel, qui était un homme d'une stature colossale. Les Bretons ne se découragèrent pas. Ils chargèrent de tous côtés si rudement, et les Anglais soutinrent si vaillamment le choc, que les uns et les autres, accablés de fatigue, se retirèrent d'un commun accord « pour reprendre haleine et du vin et se rafraîchir de la sueur qui leur couloit par tout le corps, dit d'Argentré ; mais les endommagés avoient à se revancher, et c'étoit à chercher. »

« Estant rafraîchis, ils revinrent au choc de plus belle. » Bembroug attaqua Beaumanoir ; mais Alain de Kérenrais lui porta un coup de lance au visage, et Geoffroy du Bois lui passa son épée au travers du corps. Les Anglais furent surpris de la mort de leur chef ; mais Croquart, qui était un vaillant voleur, venu en telle réputation, que le roi lui avait fait offrir 2,000 livres de rente pour entrer à son service, rassura les Anglais et leur promit la victoire. Beaumanoir, blessé dans ce moment, continua de combattre ; mais la fatigue et la perte de son sang lui causant une soif extrême, il demanda de l'eau.

— Beaumanoir, bois ton sang, lui dit Geoffroy du Bois ; ta soif sé passera.

Cette noble réponse ramena Beaumanoir au combat, et dès lors il la choisit pour devise. Pendant qu'il faisait les

plus grands efforts pour entamer les ennemis, il vit
Guillaume de Montauban qui s'élançait sur son cheval
et s'éloignait.

— Où vas-tu, faux et mauvais écuyer? dit Beaumanoir.
Il sera reproché à toi et ta race à jamais.

— Besogne bien de ta part, Beaumanoir, répondit
Montauban ; de mon côté, je ferai tout devoir.

« Ce dit, il advança son cheval, donnant au travers des
Anglais, et les rompit, en ruant sept par terre. Lors
entrèrent Bretons devant eux et les défirent, et tuèrent
bonne part ; les autres ne purent résister, et furent pris
Knoles, Cauvelée, Bellefort et Croquart, menez à Josselin et mis à rançon, et depuis firent de belles armes
ailleurs. » Les chroniques rapportent que « le meilleur
combattant de tous fut le sire de Tinteniac, qui mieux
mérita le nom de preux et de vaillant en ceste meslée ; et
de la part des Anglais, Croquart remporta le prix. »

La renommée de ce combat courut par toute la France,
si bien que Froissart, qui vivait alors, en parle en deux ou
trois passages de son histoire. Quand il veut dire qu'on a
combattu vivement, il use de ces mots : « Qu'il ne fut
jamais plus vaillamment combattu après la bataille des
Trente, qui eut lieu en Bretagne. »

Cette défaite abaissa l'orgueil des Anglais, fit le plus
grand honneur aux chevaliers bretons du parti de la
France, et fut suivie d'une trêve d'une année, à l'expi-
ration de laquelle les laboureurs, les marchands et
autres gens paisibles, ne furent plus inquiétés par les
ennemis.

V.

Bataille de Poitiers. — Le grand Ferré. — Bertrand du Guesclin.
— Siége de Rouen. — Alain Blanchard. — Bataille d'Azincourt.
— Siége d'Orléans. — Jeanne d'Arc.

A peine Jean le Bon était-il monté sur le trône, que le
roi de Navarre, Charles le Mauvais, conspira contre lui.
Jean le fit arrêter à Rouen, se saisit en même temps de
plusieurs de ses partisans, et en fit décapiter quatre sous
les yeux de Charles. Celui-ci demanda vengeance au roi
d'Angleterre, qui envoya aussitôt en France le duc de
Lancastre, avec une armée de ces terribles routiers dont
rien n'égalait l'avide cruauté. Ils ruinèrent la Normandie
et se retirèrent vers la forêt de l'Aigle, lorsqu'ils apprirent
que le roi Jean venait pour les combattre.

Le Prince Noir, qui était alors en Guienne, partit à la
tête de dix mille hommes pour rejoindre le duc de

Lancastre, et ravagea tout ce qu'il trouva sur son passage. L'Auvergne, le Limousin, le Berry poussèrent un long cri de détresse, auquel le roi de France répondit en s'avançant avec son armée à la rencontre du Prince Noir. Celui-ci, ne se sentant pas assez fort pour attendre Jean le Bon, voulut rentrer en Guienne. Mais, à Maupertuis, près de Poitiers, cinquante mille Français, commandés par leur roi, lui fermèrent le passage.

Le prince de Galles, se croyant perdu, envoya proposer à Jean de lui rendre ses conquêtes, ses prisonniers, son butin, et lui offrit parole de ne pas porter pendant sept ans les armes contre la France, pourvu qu'on le laissât, lui et ses hommes, retourner en Angleterre.

Jean, qui se flattait d'écraser sans peine cette poignée de soudards, refusa de rien écouter, et ne voulut même pas prendre le temps d'affamer les Anglais, établis au sommet d'un coteau que son armée enveloppait. Il donna le signal du combat. Ses chevaliers s'engagèrent dans un étroit sentier où trois chevaux seulement pouvaient marcher de front. Derrière les deux haies qui bordaient ce sentier, les archers anglais s'étaient cachés. Ils laissèrent les Français s'y avancer, puis ils les abattirent les uns après les autres, et blessèrent leurs chevaux, pour que les nobles animaux, fous de douleur et d'effroi, missent le désordre au milieu de cette belle troupe. Cela arriva comme ils l'avaient prévu. Les cavaliers du Prince Noir s'élancèrent alors avec lui sur un corps de bataille où se trouvaient les trois fils aînés du roi. Cédant à un mouvement d'effroi ou se conformant aux ordres de leur père, ces princes s'éloignèrent, suivis d'une nombreuse escorte. Le duc d'Orléans fit de même, avec les troupes qu'il commandait.

Celles qui entouraient le roi résistèrent seules au choc

du Prince Noir; mais elles avaient mis pied à terre, comme le monarque, et elles furent promptement écrasées par les chevaux anglais, bardés de fer.

En avant des siens, le roi Jean faisait merveilles, la hache à la main. Son plus jeune fils, Philippe, duc de Bourgogne, qui, ce jour-là, gagna le surnom de Hardi, se tenait auprès de lui et veillait à son salut, en lui criant : « Père, gardez-vous à droite ! père, gardez-vous à gauche ! »

Tous les efforts des ennemis tendaient à s'emparer du roi. Il le voyait et redoublait ses coups; mais s'il abattait dix Anglais, il en revenait cent. Epuisé de fatigue et n'ayant plus la force de soutenir sa hache d'armes, Jean fut obligé de se rendre, et Philippe eut le même sort.

Le Prince Noir eut pour son prisonnier les plus grands égards. Il lui fit dresser une table magnifique et refusa d'y prendre place, en disant qu'il n'avait pas encore fait assez de prouesses pour s'asseoir à la table d'un roi qui avait, ce jour-là, malgré le sort des armes, mérité le prix de la vaillance.

Edouard III fut moins généreux. Il tenait enfin captif le roi son rival; il allait pouvoir faire la conquête de la France. En attendant, ses capitaines se la partagèrent, pour achever de la ruiner et de la désoler, comme si elle n'eût pas encore assez souffert. Ils prirent tout ce qu'ils purent consommer ou emporter : les vivres, les vêtements, les meubles, l'argent. Ils brûlèrent tout ce qu'ils ne purent prendre : les maisons, les chaumières, les forêts, les moissons encore sur pied. Pour que rien ne manquât à leurs horribles fêtes, ils massacrèrent les prisonniers trop pauvres pour payer rançon, ainsi que les femmes, les enfants, les vieillards, qui ne purent s'enfuir assez tôt.

Tant de maux donnèrent aux paysans le courage du désespoir. Ils s'armèrent presque partout et se défendirent contre les Anglais. Ce ne fut pas, toutefois, sans s'être portés à de cruels excès contre leurs seigneurs, qui, faits prisonniers pour la plupart à la bataille de Poitiers et ayant juré sur l'honneur de payer leur rançon à la Noël, arrachaient à ces pauvres gens, mourant de faim, l'obole que la rapacité des ennemis pouvait leur avoir laissée.

En ce malheureux temps, le dauphin Charles, qui devait plus tard mériter le beau nom de Sage, n'avait encore que dix-neuf ans. Il était d'ailleurs de faible santé, et sa main droite, enflée et douloureuse, ne pouvait manier aucune arme. Les Parisiens entreprirent de se défendre eux-mêmes et d'enlever à ce prince l'autorité, qu'ils le jugeaient incapable d'exercer.

Etienne Marcel, prévôt des marchands, se mit à leur tête, arma vingt mille bourgeois, et mit sur les boissons un impôt dont le produit servit à réparer les fortifications de la ville.

Le dauphin convoqua les états généraux; puis, les voyant mal disposés envers la royauté, il les ajourna; cependant le besoin d'argent le força de les rappeler pour voter les impôts.

L'assemblée proposa d'excellentes réformes, entre autres défense expresse aux nobles de se faire la guerre et aux juges de laisser les procès traîner en longueur; mais elle demanda en même temps l'éloignement de plusieurs serviteurs du roi et l'établissement d'un conseil pris dans les trois ordres de l'Etat.

Charles résista, d'après l'ordre de son père, toujours captif en Angleterre, et, pour faire face aux pressantes nécessités du trésor, il ordonna l'aliénation des monnaies.

Les Parisiens, exaspérés, se réunirent en armes devant l'hôtel du dauphin. Etienne Marcel, qui les commandait, pénétra jusqu'à lui, et, après un court entretien, il fit égorger les maréchaux de Champagne et de Normandie, si près de Charles, que leur sang rejaillit sur sa robe.

Le dauphin, étant allé tenir les états de Champagne, se vit entouré d'un grand nombre de chevaliers, qui demandaient à venger ses serviteurs massacrés sous ses yeux. Charles y consentit, leva des troupes et fit le dégât autour de Paris, pendant qu'Etienne Marcel s'emparait du Louvre.

Les Parisiens, aidés des paysans armés, mirent le siége devant Meaux ; ils furent repoussés, et les Jacques — nom sous lequel on désignait ces paysans — périrent en si grand nombre, que les survivants découragés ne songèrent plus qu'à fuir.

Réduits à leurs seules forces, les Parisiens ne pouvaient lutter avec avantage contre les troupes royales. Etienne Marcel crut leur donner un redoutable défenseur dans Charles le Mauvais, roi de Navarre, ennemi du dauphin ; mais ces deux princes ne tardèrent pas à traiter ensemble.

Les bourgeois crièrent à la trahison, et Charles le Mauvais fut obligé de quitter Paris. Etienne Marcel devint aussi suspect à beaucoup d'entre eux. Jean Maillart, un des amis d'Etienne, noua des intelligences dans le parti du dauphin, et, surprenant une nuit son compère Marcel, tenant en main les clefs de la porte de la Bastille, il l'accusa de vouloir livrer Paris au roi de Navarre, et lui fendit la tête d'un coup de hache.

Le dauphin put alors rentrer dans Paris, où il s'efforça

de calmer les esprits, en gouvernant avec justice et modération.

Le royaume était dans le plus triste état. Non-seulement des partis anglais couraient de tous côtés, mais des aventuriers français dévastaient, pillaient comme les ennemis, et obligeaient les gens paisibles à se cacher au fond des bois ou dans des souterrains.

Le roi Jean était toujours prisonnier. Il s'ennuyait en Angleterre, quoiqu'il y fût bien traité. Il demanda sa liberté à Edouard ; mais ce dernier la mit à tel prix, que le dauphin Charles et les états de France refusèrent d'accepter ses conditions.

Edouard reprit les armes, parcourut l'Artois, la Picardie, la Champagne, les couvrit de ruines sanglantes, et vint mettre le siége devant Reims, où il voulait se faire sacrer. L'archevêque, Jean de Craon, en fit fermer les portes et se défendit si bien, que le roi d'Angleterre, manquant de vivres et de fourrages, dut, au bout de sept semaines, aller chercher un pays moins ravagé.

Le duc de Bourgogne lui donna 200,000 écus d'or, pour qu'il épargnât ses Etats. Edouard, qui déjà s'était avancé jusqu'à Tonnerre, reprit la route de Paris et s'arrêta à Bourg-la-Reine, d'où il envoya ses hérauts offrir la bataille au dauphin.

Charles eut la sagesse de la refuser et de défendre à ses chevaliers de répondre à aucun défi. Edouard, réduit à ravager les campagnes où il ne restait plus rien à prendre, trouva de la résistance, même chez les pauvres paysans.

Il perdit plus de deux cents de ses hommes à l'attaque du village de Longueil, près de Compiègne, où les habitants s'étaient fortifiés. L'un d'eux, qu'on appelait le grand Ferré, parce qu'il dépassait les autres de toute la tête, tua bon nombre de ces Anglais, s'empara d'un de leurs étendards et alla le jeter dans le fossé.

De chaque coup de sa hache, si lourde, qu'il fallait être très-fort pour la soulever des deux mains, il abattait un ennemi ; et pendant deux jours de suite il en besogna si durement, qu'une grande soif le prit. Il but de l'eau froide et tomba malade.

Les Anglais, l'ayant su, vinrent au nombre de douze pour l'occire dans son lit. Ils le trouvèrent debout, adossé au mur de sa cabane, et toujours armé de sa terrible hache. Il en tua cinq et mit les autres en fuite ; mais avant de se recoucher, il but encore un grand coup d'eau. Sa fièvre redoubla, et peu de jours après on le conduisit au cimetière.

Edouard se retira dans le pays chartrain, où il voulait passer l'hiver. Là, ses troupes furent assaillies par un violent orage, qui enleva leurs tentes, détruisit leurs provisions, brisa leurs chariots et leur fit perdre quantité d'hommes et de chevaux. Edouard n'était pas facile à intimider ; pourtant il fut effrayé. Se reprochant alors tous les maux que son ambition avait produits, tout le sang, toutes les larmes qu'elle avait fait répandre, il jura de faire la paix.

Un traité, conclu à Brétigny, rendit la liberté à Jean, moyennant la cession de plusieurs provinces au roi d'Angleterre et le paiement d'une somme considérable. Les villes refusèrent de se soumettre à Edouard. Il fallut, pour qu'elles lui ouvrissent leurs portes, que Jean les fît supplier de ne point faire rompre, par une fidélité excessive, le traité qu'il avait eu tant de peine à obtenir. Elles consentirent donc à recevoir les Anglais pour maîtres, mais en protestant qu'elles resteraient toujours françaises par le cœur.

Il fut plus difficile encore de trouver l'argent nécessaire à la rançon du roi que d'imposer ce sacrifice à de vaillantes cités. Le duc d'Anjou, qui devait rester en Angleterre jusqu'à parfait acquittement de la somme convenue, se lassa d'attendre et s'évada. Jean n'hésita pas à retourner à Londres, et il y mourut peu après.

Le dauphin Charles, devenu roi, chargea Bertrand du Guesclin de la conduite de ses armées. Il ne pouvait mieux faire, car Bertrand était non-seulement le plus habile capitaine de son siècle, mais l'ennemi le plus acharné des Anglais. Le jour même du sacre de Charles, le brave Breton gagna sur le roi de Navarre la bataille de Cocherel ; puis il retourna en Bretagne, où les Anglais combattaient toujours pour Montfort et les Français pour Charles de Blois. Il assista à la bataille d'Auray, où Charles trouva la mort. Bertrand soutint pendant quelque temps tout le poids de cette rude bataille, dit un historien ; mais son épée et sa hache s'étant rompues entre ses mains, il fut fait prisonnier.

La mort de Charles de Blois rendit la paix à la Bretagne ; mais elle rejeta sur les contrées moins éprouvées par ces longues guerres les hordes de brigands que les Anglais avaient eues à leur solde. Elles y exercèrent de tels ravages, que, de toutes parts, les peuples appelèrent le roi à leur aide. Charles eut l'heureuse pensée de délivrer de sa prison Bertrand du Guesclin, en qui il avait grande confiance. Il vida ses coffres pour la rançon du bon chevalier, et lui ordonna de le venir trouver en son palais, dès que la liberté lui aurait été rendue.

Bertrand obéit en toute hâte et fut aussitôt introduit auprès du roi, qui le reçut avec affection, le remercia de ses bons services, et lui demanda s'il était prêt à lui en rendre un plus grand encore.

Sur la réponse de du Guesclin, Charles se plaignit amèrement du tort que les routiers causaient à son peuple, et le pria d'en débarrasser le royaume en les menant guerroyer contre le roi de Castille, Pierre le Cruel, que ses sujets haïssaient et qui avait empoisonné sa femme, Blanche de Bourbon.

Charles V, beau-frère de cette princesse, avait le droit de la venger, et se sentait porté à soutenir Henri de Transtamare, qui disputait le trône à Pierre le Cruel; mais la grande difficulté était de décider les Grandes-Compagnies à quitter la France, où elles se trouvaient à merveille.

Personne, peut-être, n'aurait réussi à faire abandonner à ces aventuriers les provinces qu'ils s'étaient adjugées; mais Bertrand, qui jouissait parmi eux d'une haute réputation, leur persuada de le suivre, en s'adressant tour à tour à leur conscience et à leurs intérêts.

Sans perdre de temps, il les conduisit à Avignon, pour obtenir du pape, qui y résidait alors, une absolution générale et des fonds pour commencer la guerre. Ils obtinrent tout ce qu'ils voulurent et gagnèrent l'Espagne où du Guesclin eut bientôt les Anglais pour adversaires, Pierre le Cruel ayant obtenu l'aide du Prince Noir.

Une bataille fut livrée à Navarette, malgré l'avis du bon chevalier, qui, mal soutenu par les troupes du prétendant, fut fait prisonnier.

Le Prince Noir l'emmena à Bordeaux, où il comptait le garder longtemps. Mais un jour ils se rencontrèrent, et le prince demanda à du Guesclin comment il se trouvait.

— Fort bien, monseigneur, et vous me voyez grandement fier et joyeux.

— Pourquoi donc?

— Ah ! monseigneur, on dit partout que je suis le premier chevalier de la chrétienté, puisque vous ne m'osez mettre à rançon.

— Fixez vous-même cette rançon, Bertrand, reprit le Prince Noir, blessé dans son orgueil ; et si mince qu'elle soit, vous serez libre.

— Je ne suis qu'un pauvre chevalier, monseigneur, répondit le prisonnier ; j'ai engagé mes terres pour avoir des chevaux, et je dois même une grosse somme dans cette ville ; mais je vous offre 100,000 florins.

Le prince se récria sur l'importance de cette rançon ; mais Bertrand n'en voulut pas rabattre une obole.

— Où prendrez-vous tant d'argent ? demanda le prince.

— Tel paiera l'écot, qui ne s'en doute pas. De ce jour où je suis libre, don Henri est roi de Castille. Comptez-y, monseigneur : car je le ferai couronner avant que je meure. Il paiera bien la moitié des 100,000 florins, et le roi de France l'autre. Et si ce n'est assez, il n'y a filcresse en Bretagne ni en France qui ne filât volontiers une quenouille pour aider à ma rançon.

Du Guesclin parvint en effet à renverser Pierre le Cruel du trône de Castille et à y faire asseoir don Henri de Transtamare.

Presque aussitôt le bon chevalier fut rappelé en France, où s'allumait une nouvelle guerre contre l'Angleterre. Les provinces nouvellement cédées à Edouard supportaient avec peine le joug étranger. Elles se plaignaient des impôts que ce prince exigeait sans cesse et demandaient justice au roi de France. Charles V cita le roi d'Angleterre à comparaître devant la cour des pairs.

— J'irai, répondit Edouard, mais le casque en tête et soixante mille hommes en ma compagnie.

Cette fière réponse ne fut point suivie des succès que les Anglais se promettaient. La France, délivrée des routiers, était redevenue florissante ; elle avait des armées bien équipées, bien payées et commandées par du Guesclin, qui était non-seulement un chevalier d'une valeur éprouvée, mais un capitaine rompu à toutes les ruses de la guerre et digne par sa prudence d'être le serviteur et l'ami du roi Charles le Sage. Elevé à la dignité de connétable, il enleva aux Anglais cent trente-quatre places et reçut, après sa mort, les clefs de la cent trente-cinquième.

La France entière le pleura, et l'année suivante, Charles V, le roi qui avait le moins armé contre les Anglais et leur avait fait le plus de mal, alla rejoindre son connétable à Saint-Denis, où il l'avait fait inhumer.

Charles VI n'avait que douze ans lorsque son père mourut. Les ducs de Bourgogne et d'Orléans, ses oncles, commencèrent par se disputer la régence, et, quand il eut atteint sa majorité, ils l'occupèrent de fêtes, de tournois, de divertissements chevaleresques, afin qu'il ne songeât point à leur enlever l'autorité. Des sommes énormes s'engloutirent dans ces fêtes. Tant que le trésor péniblement amassé par Charles V put les fournir, les princes y puisèrent à pleines mains ; lorsqu'enfin ils n'y trouvèrent plus rien, ils écrasèrent le peuple d'impôts. Des révoltes éclatèrent à Paris et dans les provinces ; elles furent réprimées, et le jeune roi ne sut rien de la misère dans laquelle étaient retombés ses sujets.

Mais dans un voyage qu'il fit vers le midi de la France, il se vit entouré d'enfants demi-nus, de femmes éplorées, d'hommes aux haillons sordides, au visage hâve et famélique, et tout ce pauvre peuple, se jetant à ses genoux, lui demanda du pain. Charles était brave, juste et bon, mais d'un esprit faible et d'une constitution délicate : il fut douloureusement frappé de cette misère, qu'il ne pouvait soulager, et il lui en resta une sombre mélancolie, un souvenir plein de tristesse et d'effroi. Un accident acheva de troubler sa raison, et il ne la recouvra plus qu'à de rares intervalles, assez pour entrevoir les malheurs de son royaume, mais pas assez pour y remédier.

Le duc de Bourgogne et le duc d'Orléans se disputèrent de nouveau le pouvoir, et leurs partisans se firent, sous le nom de Bourguignons et d'Armagnacs, une guerre acharnée. Le duc de Bourgogne, craignant de ne pouvoir lutter seul contre le duc d'Orléans, appela l'Angleterre à son aide. Henri V, héritier de la valeur, de l'habileté d'Edouard III et de sa haine contre la France, fit à la hâte de puissants armements, et, sûr de pouvoir soutenir ses prétentions, il envoya demander la main de la princesse Catherine, fille de Charles VI, avec la Normandie, le Maine, l'Anjou, et 150,000 écus d'or pour dot.

Ce n'était pas tout. Il consentait à laisser la couronne de France à Charles VI ; mais, à la mort de cet infortuné prince, il voulait en hériter, à l'exclusion du dauphin. Henri était si puissant, qu'au lieu de repousser de telles exigences, on crut devoir les discuter et lui offrir d'autres provinces, en place de celles qu'il demandait. Il ne daigna pas insister, et, mettant à la voile, il entra en Normandie. De là, il envoya défier le dauphin, trop jeune encore pour combattre ; mais la noblesse tout entière releva ce défi. Une belle et nombreuse armée se réunit à Abbeville et alla attendre, près d'Azincourt, les Anglais, qui se rendaient à Calais.

Henri n'avait que douze mille soldats, assez mal équipés ; mais il avait le souvenir de Crécy et de Poitiers.

— Amis, dit-il à ses compagnons, nos pères ont toujours fait de bonne besogne en France ; faisons comme eux.

La dédaigneuse imprudence qui avait causé la défaite des Français dans ces deux funestes journées les animait encore. En présence de si faibles ennemis, ils comptèrent sur une victoire facile. Les chevaliers ne voulurent pas mettre pied à terre, de peur de se salir ; car il avait beaucoup plu et le sol était détrempé. Ils passèrent la nuit à jouer et à boire, sans quitter leurs armures et sans descendre de leurs chevaux.

Ces fiers coursiers, impatients du fardeau et condamnés à l'immobilité, piétinèrent en rongeant leur frein ; aussi, quand le signal du combat fut donné, ils se trouvèrent enfoncés jusqu'aux jarrets dans un épais bourbier, dont ils eurent peine à s'arracher. Pourtant ils avancèrent ; mais, atteints par les flèches des archers anglais, avant que leurs cavaliers pussent combattre, et rendus furieux par la douleur, ils se ruèrent sur les rangs français et y firent de larges trouées par lesquelles s'élancèrent les ennemis.

Les Anglais frappaient sans relâche, animés par l'exemple de leur roi ; les chevaliers français résistaient vaillamment, toutefois la victoire de Henri fut complète. Il eut bientôt un si grand nombre de prisonniers, que, les vainqueurs ne pouvant suffire à les garder, il donna l'ordre cruel de les mettre à mort. Les ducs, les princes, les chevaliers des plus illustres familles furent seuls épargnés, le roi d'Angleterre espérant en tirer une grosse rançon ; mais, afin qu'ils ne l'empêchassent pas d'achever la conquête de la France, il les fit passer outre-mer.

Il ne restait plus dans le royaume que deux grands seigneurs qui pussent lever une armée et en prendre le commandement : le duc de Bourgogne et le comte d'Armagnac. C'était le premier qui avait appelé les Anglais, et le second, après quelques efforts inutiles, revint à Paris, où il fut victime d'une émeute. Le bourreau était alors le roi de Paris; chaque jour la faction qui triomphait lui livrait les vaincus de la veille. Le spectacle de ces supplices était une distraction aux horreurs de la guerre et aux tourments de la faim.

Henri comptait attaquer au printemps cette capitale. Pour ne pas perdre de temps, il se rendit en Normandie, prit Caen et vint assiéger Rouen. La riche cité normande se disposa à se bien défendre. Les bourgeois se joignirent à la garnison pour le service des remparts, et ne restèrent pas en arrière dans les sorties dirigées contre l'ennemi.

Henri perdait beaucoup de monde sans se trouver plus avancé. Il en éprouvait un violent dépit; mais en vain serrait-il la place de plus près et la fatiguait-il par de fréquentes attaques, elle ne songeait point à se rendre. Il noua des intelligences avec le capitaine Le Bouteiller; mais la trahison de ce misérable avança peu les affaires du monarque, et il comprit que la famine seule lui livrerait la ville. Elle était si étroitement cernée, que rien n'y pouvait entrer; donc, un jour ou l'autre, la disette s'y ferait sentir; ce n'était qu'une question de temps.

Les Rouennais le savaient aussi; ils ménageaient leurs ressources, depuis le commencement du siége, et ils voyaient avec effroi combien elles diminuaient. Les rations furent réduites à la moitié, puis au quart. On espérait que le duc de Bourgogne enverrait du secours de la place, et l'on souffrait avec patience.

Trois hommes courageux, Alain Blanchard, Jourdain et Pierre de Livet, soutenaient leurs concitoyens par

6

leurs exhortations et par leurs exemples. Alain Blanchard
se montrait partout où il y avait du danger ; il combattait
en héros, paraissait insensible à la fatigue, à la faim, et
possédait le grand art de communiquer aux autres l'enthousiasme dont il était animé. Jourdain, maître de
l'artillerie, était habile, brave et zélé. Le chanoine Pierre
de Livet prodiguait des secours aux blessés, des conso-
lations aux mourants, et s'exposait en soldat, pour accomplir les devoirs de son pieux ministère.

Les assiégés, comprenant enfin qu'ils succomberaient,
si l'aide qu'ils attendaient ne leur était promptement
donnée, députèrent un de leurs concitoyens vers le roi,
pour le supplier de ne point oublier sa bonne ville de
Rouen. Charles VI reçut l'ambassadeur, se fit raconter les
malheurs de la fidèle cité et versa d'abondantes larmes sur
le sort de son peuple, si cruellement foulé par les
Anglais. La douleur du monarque toucha l'envoyé, mais
il vit bien que le secours ne pouvait venir de là, et il
courut trouver le duc de Bourgogne.

Il lui parla avec une noble hardiesse, lui représenta
que la maladie du roi faisait peser sur lui toute la respon-
sabilité des événements. Il ajouta que si Rouen venait à
succomber, ce serait le duc qu'on en accuserait à jamais.
Philippe promit de faire ce qu'il pourrait pour délivrer la
place ; mais il se borna à envoyer à Henri un ambassadeur, que ce monarque refusa d'écouter, sous prétexte
que le duc de Bourgogne, n'étant ni roi ni régent, n'avait
pas le droit de traiter avec lui.

La faim commençait à faire des victimes dans la ville ;
le jour où l'on serait obligé de se rendre ne pouvait être
éloigné, mais on espérait encore. Les nobles défenseurs
de Rouen prirent l'héroïque résolution de renvoyer les
bouches inutiles, et ils la signifièrent, en pleurant, à

leurs vieux pères, à leurs mères, à leurs femmes, à leurs enfants. Qu'on juge du désespoir avec lequel on l'accueillit !

On n'entendait par toute la ville que des cris et des sanglots : les vieillards se prétendaient encore assez forts pour combattre ; les femmes ne voulaient abandonner ni leurs fils, ni leurs époux, et les filles se suspendaient au cou de leurs pères, en les suppliant de permettre qu'elles mourussent avec eux.

Cette grande et légitime douleur causa aux Rouennais un instant d'incertitude; mais il fallait voir périr de misère ces êtres tant aimés ou rendre la place sans tarder davantage. Et si, le lendemain ou le surlendemain de cette reddition, le secours arrivait, quelle honte et quel regret pour ceux qui l'auraient voulue ! D'ailleurs, ces vieillards, ces femmes, ces enfants n'avaient rien à craindre du roi Henri. Il prendrait, disait-on, pitié de leur malheur : s'il ne les recevait pas avec miséricorde, il les laisserait du moins traverser son camp, pour aller plus loin demander l'hospitalité.

Le départ fut décidé, malgré les protestations et les prières de tous ceux qui devaient quitter la ville. Ses défenseurs les embrassèrent; puis, les recommandant à la bonté divine et à la clémence du roi d'Angleterre, ils refermèrent derrière eux les portes de la cité, sous les murs de laquelle ils étaient résolus à s'ensevelir. Mais quelle fut leur consternation, lorsqu'ils entendirent des cris déchirants, et qu'ils virent accourir éperdue la foule qu'ils avaient congédiée ! Les soldats anglais l'avaient reçue les armes à la main et la repoussaient vers la ville inhospitalière.

Les Rouennais, au désespoir, se bouchèrent les yeux et les oreilles, pour ne plus voir les mains suppliantes qui s'élevaient vers eux, pour ne pas céder aux plaintes, aux prières qui trouvaient un si tendre écho dans leurs cœurs. Rouvrir les portes de la ville à ces malheureux, c'était les livrer à une mort non moins certaine et plus affreuse que celle qui les menaçait. C'était, en outre, hâter la ruine de leur cité : l'honneur le défendait, ils restèrent inflexibles.

Hélas ! si malheureux que fussent ces femmes et ces enfants, condamnés à errer entre le camp et la ville, à fouiller la terre glacée, pour en tirer quelques racines, les Rouennais restés dans la ville n'étaient pas le moins à plaindre. Ils étaient réduits à la dernière extrémité, et les morts commençaient à servir de nourriture aux vivants. Les choses en étaient là, quand, la veille de Noël, Henri fit offrir aux assiégés de leur envoyer de quoi célébrer gaîment cette grande fête. La proposition fut portée aux bourgeois assemblés ; ils eurent le courage de répondre qu'ils ne manquaient de rien et qu'ils priaient seulement le roi d'avoir pitié de leurs femmes et de leurs enfants. Henri admira ces hommes héroïques ; il comprit que tous mourraient plutôt que de lui demander merci. En effet, quand l'espoir qui les avait soutenus si longtemps se fut évanoui, ils creusèrent des mines et attendirent une attaque pour y mettre le feu, afin d'engloutir avec eux les ennemis.

Le roi d'Angleterre en fut instruit, et, ne voulant ni exposer ses troupes, ni laisser détruire la ville, il envoya proposer aux Rouennais une capitulation, en vertu de laquelle tous les habitants auraient la vie sauve, à l'exception de Livet, de Jourdain et de Blanchard. Ces généreux citoyens devaient être livrés à Henri, avec 300,000 écus d'or. Ils engagèrent les Rouennais à accepter ces conditions, si dures qu'elles fussent, et on les écouta.

Pierre de Livet et Jourdain étaient riches. Henri leur laissa la vie, moyennant une forte rançon. Alain Blanchard n'avait pas de quoi racheter la sienne ; il fut condamné. Il marcha au supplice avec la fermeté qu'il avait montrée pendant tout le siége ; et quelqu'un lui ayant dit que c'était un grand malheur qu'il ne pût payer sa rançon, il répondit fièrement :

— Quand je serais aussi riche que je suis pauvre, je ne voudrais pas employer ma fortune à empêcher un Anglais de se déshonorer.

Maître de Rouen et de toute la Normandie, Henri le devint encore de Paris. Cette capitale, fatiguée des discordes civiles, se donna volontairement à lui. Bientôt après, Charles VI, cédant à l'influence de sa femme, la reine Isabeau, signa le traité de Troyes, par lequel il déshéritait son propre fils, pour donner sa couronne au roi d'Angleterre. Par bonheur, Henri précéda dans la tombe le monarque dont il devait recueillir la succession, et le dauphin fut proclamé roi sous le nom de Charles VII.

Cette royauté, toutefois, n'était qu'un vain titre, puisque la France presque tout entière appartenait aux Anglais ou aux Bourguignons, leurs alliés. Ils continuèrent leurs conquêtes, mirent le siége devant Orléans, et le réduisirent à la famine. Cette place prise, ils comptaient triompher sans peine des quelques provinces du Midi qui tenaient encore pour Charles VII. Les capitaines du jeune prince désespéraient de la sauver ; lui-même la croyait perdue et paraissait d'ailleurs songer beaucoup moins à sa couronne qu'à ses plaisirs.

« Ce que les grands ne faisaient pas, les petits le firent, dit M. Duruy. L'humiliation de la France et de son chef commençait à peser sur le cœur du peuple.....

Les horribles misères qu'il endurait tenaient à bien des causes. Le peuple n'en connut qu'une seule, les Anglais ; toutes les souffrances qu'il avait endurées, il les attribua aux Anglais..... Chasser les Anglais devint sa pensée de tous les jours ; et les hommes n'y aidant pas, il compta sur Dieu. »

Cette opinion s'établit peu à peu, d'un bout de la France à l'autre, que le royaume trahi, livré aux étrangers par une femme, par une reine, l'indigne Isabeau de Bavière, devait être sauvé, délivré par une fille du peuple, par une vierge : cette héroïque fille du peuple, cette vierge libératrice, ce fut Jeanne d'Arc.

Jeanne d'Arc, troisième fille du paysan Jacques d'Arc et d'Isabelle Rommée, était née en 1409, au village de Domremy, entre Champagne et Lorraine.

La guerre, les combats, les blessures, les dévastations, voilà le premier spectacle qui frappa les yeux de Jeanne. Elle grandit ainsi, priant Dieu chaque jour, à chaque instant, pour la délivrance de son pays et le salut du gentil dauphin auquel les Anglais voulaient ravir son héritage.

Elle avait quatorze ans quand une voix mystérieuse lui ordonna pour la première fois d'aller délivrer ce jeune prince et lui rendre son royaume.

Pendant quatre ans, le même ordre lui fut donné à différentes reprises, sans qu'elle osât y ajouter foi ; mais ces voix devinrent si impérieuses, qu'elle fut forcée d'obéir.

Dès qu'elle fut convaincue de sa mission, elle sut en convaincre les autres : son père, qui aurait mieux aimé, disait-il, la noyer que de la voir partir avec des gens d'armes ; le gouverneur de Vaucouleurs, qui l'avait accusée de folie ; le gentil dauphin, qui n'avait pas voulu se faire connaître à elle ; enfin les prélats et les capitaines français.

A peine armée chevalier, Jeanne somma les Anglais de se retirer du royaume.

« Roi d'Angleterre, disait-elle, se ainsi ne faictes, je suis chief de guerre, et, en quelque lieu que je atteindrai vos gens en France, je les en ferai aller, veuillent ou non veuillent ; et si ne veuillent obéir, je les ferai tous occire. »

Les Anglais rient de ce manifeste ; mais Jeanne, à la tête de six mille hommes, entre dans Orléans, dispute aux plus nobles capitaines, à Dunois, à la Hire, à Xaintrailles, le prix de la valeur, leur transmet les ordres qu'elle reçoit d'en haut, prédit le résultat des mesures qu'elle fait prendre, jette la terreur parmi les Anglais et les force à fuir sans enlever leurs tentes ni leurs prisonniers.

Orléans est délivré. Jeanne, qui sait que sa mission « n'aura guère qu'un an de durée, » presse le roi de marcher vers Reims, pour y recevoir l'onction sainte ; mais Charles veut qu'avant tout elle chasse les ennemis des places situées au nord de la Loire. Elle prend Jargeau, Méhun, Beaugency, et gagne à Patay une bataille rangée, la seule qui, depuis huit ans, ait été favorable à nos armes. Le roi se décide enfin à la suivre à Reims, et l'héroïne fait de ce voyage, à travers des provinces soumises à l'Anglais, un véritable triomphe. Reims ouvre ses portes, et le successeur de saint Remi sacre Charles VII, en présence de ses chevaliers et de la noble fille qui vient de lui rendre un royaume.

La mission de Jeanne est accomplie ; elle se jette aux pieds du roi et le supplie de lui permettre de retourner dans son pauvre village. Charles la retient ; elle cède ;

mais elle ne retrouve plus la sainte confiance qui l'a
soutenue jusque-là. Elle agit d'après la volonté royale et
non plus sur l'ordre de Dieu. Son courage est toujours le
même ; mais elle n'est plus invincible. La résignation a
remplacé l'enthousiasme qui rayonnait naguère sur son
front ; les voix qui lui ont si souvent promis la victoire ne
lui annoncent plus que le martyre.

Compiègne est attaqué par les Anglais et les Bourguignons. Jeanne se jette dans la place et dirige aussitôt une
sortie contre les assiégeants. Elle jette un instant l'effroi
parmi eux ; mais les Français, cédant au nombre, se
retirent, et l'héroïne ne veut rentrer que quand ils seront
tous en sûreté. Les Bourguignons l'entourent ; elle se
défend avec une admirable valeur et parvient à se dégager ; mais quand elle arrive à la porte, elle la trouve
fermée et tombe entre les mains des ennemis.

A cette nouvelle, les Anglais laissent éclater leur joie,
et lord Warwick, gouverneur de Rouen, envoie, sans
perdre de temps, demander à messire Jean de Luxembourg de lui livrer sa prisonnière. Jean, qui l'a achetée
pour une faible somme, la revend 10,000 fr., malgré les
prières et les larmes de sa femme et de sa belle-sœur.
Jeanne d'Arc est transférée à Rouen, où s'instruit contre
elle un odieux procès. On l'accuse de magie, de sorcellerie
et d'hérésie, elle, la pieuse et simple fille, qui ne sait
qu'aimer Dieu et qui n'a fait que lui obéir.

Elle confond ses juges par des réponses qui ne per-
mettent pas de douter de son innocence ; mais il faut
qu'elle soit condamnée : les Anglais l'exigent. On ne
l'interroge plus que dans sa prison ; car le peuple l'ad-
mire, et l'on craint qu'il ne se lève tout entier pour la
défendre. On n'épargne rien pour lui arracher un mot qui
puisse motiver sa sentence ou entacher l'honneur du roi.

Tant d'efforts demeurent inutiles, l'humble fille des champs confond ses juges par les plus nobles réponses.

On lui demanda si elle attribuait ses succès à son étendard.

— Non, répondit-elle. Je disais aux gens d'armes : « Entrez hardiment parmi les Anglais, » et j'y entrais moi-même.

— Pourquoi donc cet étendard fut-il présent au sacre du roi ?

— Il avait été à la peine; c'était justice qu'il fût à l'honneur.

— Dieu hait-il les Anglais?

— De l'amour ou de la haine que Dieu a pour les Anglais je ne sais rien ; mais je sais bien qu'ils seront tous mis hors de France, sauf ceux qui y périront.

Loin d'accuser le roi qui l'abandonne, elle le proclame le plus noble chrétien des chrétiens. Mais elle a commis un crime que les Anglais ne peuvent lui pardonner : elle a détruit le prestige dont les victoires de Crécy, de Poitiers et d'Azincourt les avaient entourés ; elle a fait voir aux Français que ces redoutables ennemis peuvent être vaincus, et vaincus par une femme.

Ce crime mérite la mort, une mort ignominieuse et cruelle : Jeanne d'Arc sera brûlée vive. Elle l'apprend, et, ne pouvant retenir ses larmes, elle demande pourquoi réduire en cendres son corps qui est resté pur, et elle en appelle à Dieu de toutes les injustices qu'on lui fait.

Un immense bûcher s'élève ; les Anglais sont pressés d'en finir ; car ils craignent que le roi Charles VII ne vienne, avec ses chevaliers, leur arracher l'illustre captive. On la revêt d'une robe blanche ; on la coiffe d'une sorte de mitre sur laquelle sont écrits ces mots : APOSTATE, HÉRÉTIQUE, RELAPSE, IDOLATRE ; et huit cents soldats l'escortent jusqu'au lieu du supplice. Afin qu'elle puisse être vue de tout le peuple et de l'armée, on l'attache à un poteau très-élevé. Bientôt un nuage de fumée l'enveloppe ; la flamme s'élance. Jeanne demande à baiser une dernière fois l'image du Sauveur ; elle prie Dieu de pardonner à ses bourreaux, au roi qui l'oublie, à la ville de Rouen, et elle expire en prononçant le nom de Jésus !

Sa mort acheva ce que ses merveilleux exploits avaient commencé. Elle augmenta dans les cœurs français la haine de l'étranger ; elle arma contre les Anglais non-seulement les chevaliers et les gens de guerre, mais le peuple des villes et des campagnes.

L'ordre se rétablit en France. Défense faite à qui que ce fût de prendre le titre de capitaine et de lever des gens d'armes, le roi eut seul l'armée à sa disposition. Peu à peu la discipline et l'habileté qui avaient assuré le succès des ennemis passèrent de notre côté ; et quand Louis XI arriva au trône, il ne restait plus aux Anglais sur le continent que la seule ville de Calais.

VI.

Jeanne Hachette. — Hervé de Portzmoguer. — Bayard. —
Le duc de Guise à Metz et à Calais.

Délivrée des Anglais, la France s'agrandit par la politique de Louis XI, qui, pendant tout son règne et par
tous les moyens possibles, lutta contre le pouvoir des
grands seigneurs. Il fut pour eux un ennemi d'autant
plus dangereux, que non-seulement il était l'homme le
plus rusé, le politique le plus habile de son royaume,
mais qu'il ne reculait devant rien lorsqu'il avait à se
débarrasser d'un des ennemis de son autorité.

Il réunit onze provinces au domaine royal et porta
ainsi à la féodalité un coup dont elle ne se releva pas.

Pendant une des guerres que le duc de Bourgogne fit à
Louis XI, l'armée bourguignonne mit le siége devant

Beauvais, et trouva de la part des bourgeois la plus vive résistance. Ils soutinrent sans faiblir un terrible assaut qui dura onze heures. Les femmes, les enfants, les vieillards, apportaient des pierres sur les murailles et les jetaient sur les assiégeants. D'autres chauffaient de la poix, de l'huile, de l'eau, qu'on versait ensuite sur les plus hardis.

Une de ces femmes, nommée Jeanne, comme l'héroïne de Domremy, excitait le courage des autres, et combattait vaillamment à coups de hache. Elle vit un soldat, arrivé à la crête du mur, y planter l'étendard bourguignon ; elle s'élança sur lui, le frappa si violemment, qu'elle le précipita du haut de l'échelle, et arracha le drapeau.

L'histoire nous a transmis ce souvenir en donnant à l'héroïne le nom de Jeanne Hachette ; et longtemps après sa mort, la ville de Beauvais le célébrait par une procession annuelle, dans laquelle, par ordre du roi Louis XI, les femmes avaient le privilége de marcher avant les hommes.

Charles VIII, successeur de Louis XI, allait avoir quatorze ans lorsqu'il monta sur le trône. Anne de Beaujeu, sa sœur, gouverna sous son nom, après comme avant sa majorité. « C'était la moins folle femme du monde ; car de sage, il n'y en a point, » disait Louis XI.

Avec l'aide des états-généraux, elle réprima les entreprises des seigneurs avides de ressaisir l'autorité dont le défunt roi les avait dépouillés. Par d'habiles négociations, elle fit ensuite obtenir au roi la main d'Anne de Bretagne, héritière de ce beau duché, dernier refuge des mécontents.

La dame de Beaujeu cessa dès lors de s'occuper des affaires de l'Etat. Le jeune roi, qui rêvait la gloire et les aventures chevaleresques, eut l'idée de faire valoir, sur le royaume de Naples, des droits qui dataient de Charles d'Anjou, frère de saint Louis. Par malheur pour la France, son exemple entraîna ses successeurs dans des guerres longues et ruineuses.

Charles VIII soumit en moins de vingt jours tout le royaume de Naples ; mais les princes qui d'abord avaient favorisé cette expédition se liguèrent contre lui et allèrent l'attendre près de Fornoue, avec trente-cinq mille hommes. Charles n'en avait que sept mille ; cependant, à force d'audace et de bravoure, il parvint à s'ouvrir un passage à travers cette armée et rentra triomphant dans ses États. Les chevaliers français se battirent en héros ; et parmi les plus braves se trouvait un jeune homme qui eut deux chevaux tués sous lui, et qui vint, après le combat, présenter au roi un étendard pris à l'ennemi. Ce jeune homme, qui devait honorer sa patrie en méritant le glorieux surnom de *chevalier sans peur et sans reproche*, c'était Bayard.

Pierre du Terrail, né en Dauphiné, au château de Bayard, manoir héréditaire de sa famille, annonça de bonne heure les meilleures dispositions. Georges du Terrail, son oncle, qui était évêque de Grenoble, prit plaisir à les cultiver.

— Je n'ai jamais pu, lui disait-il, retenir de mémoire que peu de mots latins ; les voici ; tâche de les retenir comme moi : *Nobilitas sola atque unica virtus.* Sers Dieu et le roi, mon cher enfant ; sois brave comme ton trisaïeul, qui fut tué à Poitiers aux pieds du roi Jean ; comme ton bisaïeul, qui périt à Azincourt ; comme ton aïeul, qui eut le même sort à Montlhéry ; enfin, comme ton père, qui a tant de fois versé son sang pour son pays.

Le jeune Bayard était page de Philippe, comte de

Beaugé, gouverneur de Lyon, lorsque Charles VIII, charmé de sa bonne mine et de sa grâce à dompter un cheval, le demanda au comte, pour l'emmener en Italie. Louis, duc d'Orléans, cousin et beau-frère du roi, témoin de la belle conduite de Bayard à Fornoue, dit qu'il avait cru voir dans ce hardi cavalier un nouveau du Guesclin. Il ne tarda guère à reconnaître qu'il ne s'était pas trompé ; car lui-même trouva dans Bayard un des plus nobles soutiens du trône dont la mort prématurée de Charles VIII le mit en possession.

Louis XII rappela au peuple, par ses vertus et sa paternelle sollicitude, le bon roi saint Louis ; mais il ne sut pas se défendre de la manie des conquêtes. Il entreprit d'arracher à l'usurpateur Ludovic Sforza le Milanais, sur lequel la maison d'Orléans avait des droits. Milan et toutes les places de son territoire se soumirent sans beaucoup de résistance ; mais l'armée française s'était à peine éloignée, qu'elles trahirent le serment fait à Louis XII et rouvrirent leurs portes à Ludovic. Les Français revinrent, le battirent et l'emmenèrent prisonnier en Touraine, où il mourut.

Les villes du Milanais, craignant qu'on ne les punît sévèrement de leur défection, envoyèrent au comte de Ligny, un des gouverneurs établis par Louis XII, une grande quantité de vaisselle d'argent. Le comte en fit don à Bayard, qu'il aimait beaucoup ; mais le chevalier distribua aussitôt ces précieux objets entre ses compagnons d'armes, en disant qu'il ne voulait faire entrer chez lui rien de ce qui avait appartenu à des rebelles et à des traîtres.

Louis XII, animé par ses succès, s'unit à Ferdinand, roi d'Aragon, pour conquérir le royaume de Naples. Il réussit dans cette entreprise, mais son allié se tourna contre lui, força les Français de se retirer dans la Pouille, et remporta sur eux une victoire près de Cérisoles. Les Espagnols voulurent ensuite passer le Garigliano, sur la rive duquel nos troupes étaient postées. Par une fausse attaque, ils les attirèrent sur un autre point, et ils allaient s'emparer du pont laissé sans défense, lorsque Bayard s'élança pour leur en disputer le passage. Seul il soutint l'effort de deux cents Espagnols, jusqu'à ce que l'armée, s'apercevant du piège qui lui avait été tendu, revint occuper le pont, dont elle avait imprudemment abandonné la garde.

Une ligue s'étant formée contre les Vénitiens, Louis XII consentit à en faire partie, entra le premier en campagne et força les troupes de la république à combattre près d'Agnadel. « Que ceux qui ont peur se mettent derrière moi ! » dit-il, emporté par sa valeur. Tous ses chevaliers se disputant l'honneur d'entrer les premiers dans les rangs ennemis, la victoire fut complète. Quant à Bayard, c'était toujours au poste le plus périlleux ou au plus fort de la mêlée qu'on était sûr de le trouver.

Les alliés de Louis XII, jaloux de ses succès, se joignirent aux Vénitiens, contre lesquels ils s'étaient d'abord déclarés. Gaston de Foix, duc de Nemours, neveu du roi, fut chargé du commandement, délivra Bologne, assiégée par les princes confédérés, et reprit Brescia, dont les Vénitiens s'étaient emparés. A l'attaque de cette place, Bayard s'élança le premier sur le rempart, abattit tout ce qui essaya de lui résister et pénétra dans la ville. Mais, atteint d'un furieux coup de pique, il fut renversé et perdit connaissance. Deux soldats arrachèrent la porte d'une maison, le couchèrent dessus et l'emportèrent. Ceux qui le virent passer, pâle et sanglant, le crurent mort, et cette nouvelle fut annoncée au duc de Nemours.

— Amis, s'écria-t-il, vengeons le chevalier le plus accompli qui fût oncques !

A ces paroles, les Français redoublèrent d'ardeur, et bientôt la ville tomba en leur pouvoir. Pendant que les vainqueurs la pillaient, Gaston s'informa du lieu où l'on avait conduit Bayard, et se réjouit fort en apprenant que sa blessure n'était pas mortelle. Il alla le voir tous les jours, et, avant de quitter Brescia, il lui remit 500 écus pour sa part de butin. Le chevalier reçut cette somme avec reconnaissance et la partagea aussitôt entre les deux soldats qui le gardaient. On l'avait amené dans la maison d'un gentilhomme, où il ne se trouvait alors que sa femme et ses deux filles. La présence du bon chevalier préserva les trois dames des insultes et du pillage ; aussi lui prodiguèrent-elles les soins les plus assidus.

Lorsqu'il fut guéri, elles vinrent le trouver, pour le remercier encore une fois de la protection dont il les avait entourées, et le prier d'accepter un petit coffret contenant 2,500 ducats. Bayard ouvrit le coffret, compta 1,000 ducats qu'il offrit à l'aînée des demoiselles, en fit autant pour la cadette, en leur disant que cette somme aiderait à former leur dot ; puis, remettant le reste à la mère, il lui demanda, comme un service, de vouloir bien le distribuer aux maisons religieuses qui avaient le plus souffert de la prise de la ville.

Le preux chevalier alla rejoindre le duc de Nemours, qui continuait à étonner l'Italie par ses exploits, et il le seconda vaillamment. Cette brillante campagne finit par une bataille non moins brillante, mais bien funeste ; car elle coûta la vie à Gaston de Foix. En apprenant l'issue de la journée de Ravenne, Louis XII s'écria :

— Dieu nous garde de remporter de telles victoires ! Je voudrais n'avoir plus un pouce de terre en Italie et revoir vivant mon neveu Gaston, ainsi que tous les braves gens qui ont péri avec lui !

La première partie de ce souhait ne tarda pas à s'accomplir, mais sans la condition qu'il y avait mise. Les Français perdirent leurs conquêtes et furent chassés de toutes les places qu'ils avaient prises. Bayard, grièvement blessé à la retraite de Pavie, passa en Navarre, dès qu'il fut rétabli, et alla ensuite combattre en Flandre. Il se trouva en 1513 à la journée des Éperons, ainsi nommée parce que les Français y firent usage de leurs éperons plutôt que de leurs épées. Cette déroute fût devenue, sans lui, une sanglante défaite ; mais il défendit, pendant une demi-heure, la tête d'un pont qui devait donner passage aux ennemis, et laissa ainsi à ses compagnons le temps de se mettre en sûreté. Enfin, se voyant sur le point d'être enveloppé, il courut vers un chevalier anglais, qui se reposait sous un arbre et avait quitté ses armes.

— Rends-toi, homme d'armes, lui dit-il, ou tu es mort !

L'Anglais, ne pouvant résister, lui remit son épée.

— Reprenez-la, lui dit Bayard ; car je suis aussi votre prisonnier.

Quelques jours après, le bon chevalier voulut retourner au camp français.

— Et votre rançon ? demanda l'Anglais.

— Et la vôtre ? répondit Bayard. Si je suis votre prisonnier, vous êtes le mien, et j'avais votre parole avant que vous eussiez la mienne.

L'Empereur et le roi d'Angleterre, appelés à décider lequel des deux chevaliers avait raison, se prononcèrent en faveur de Bayard, qui fut aussitôt mis en liberté. Ces deux princes le comblèrent d'éloges et essayèrent de le retenir à leur service. Il leur répéta ce qu'il avait dit au pape Jules II, quelque temps auparavant :

« J'ai deux maîtres : Dieu dans le ciel, et le roi de France sur la terre. Je n'en aurai jamais d'autres. »

Le roi Louis XII, en épousant Anne de Bretagne, veuve de Charles VIII, s'était concilié l'affection des Bretons. Il le vit bien à la manière dont les braves marins de ce duché luttèrent contre les Anglais.

L'amiral Howard périt dans la petite anse du Conquet, où il était venu attaquer quelques bâtiments français ; et pour venger sa mort, l'Angleterre envoya sur les côtes de la Bretagne une flotte qui rencontra la nôtre à la hauteur du cap Saint-Matthieu.

Nous n'avions que vingt vaisseaux à opposer à des forces quatre fois plus considérables ; mais le courage suppléant au nombre, la victoire nous resta.

Un Breton, Hervé de Portzmoguer, plus connu sous le nom de Primauguet, fut le héros de cette journée. Il avait reçu le commandement de la *Cordelière*, magnifique navire que la reine Anne avait fait construire à ses frais, et pour l'ornement duquel rien n'avait été ménagé.

A elle seule la *Cordelière* avait coulé ou mis hors de combat presque autant de vaisseaux ennemis que le reste de la flotte, quand elle se vit entourée par douze bâtiments anglais. Elle soutint vaillamment la lutte, força les uns à se retirer et maltraita si fort les autres, qu'on croyait son triomphe assuré.

Tout à coup, de la hune d'un de ces vaisseaux, une masse de feux d'artifice tomba sur la *Cordelière*, qui en un instant fut embrasée. L'équipage put se sauver dans des chaloupes ; mais le brave capitaine ne voulut point abandonner son vaisseau.

« Soudain la *Cordelière* avise la *Régente*, de mille tonneaux, sur laquelle Thomas Knevet, écuyer de Henri VIII, remplissait les fonctions de vice-amiral d'Angleterre ; comme un volcan flottant, va sur elle, vaste torche incendiaire, impitoyablement l'accroche et la revêt de sa robe enflammée. La poudrière de la *Régente* saute, et avec elle le vaisseau, celui qui le commande, et des milliers de membres brûlés et en lambeaux, tandis que la *Cordelière*, satisfaite et superbe encore dans ce désastre, éclate aussi, et, comme une trombe de feu et de fumée, s'évanouit dans les flots, avec son immortel capitaine Portzmoguer, qui, de la hune, s'était précipité tout armé dans la mer. »

Ce beau combat fut bientôt suivi de la conclusion de la paix, à la signature de laquelle le roi de France ne survécut que deux ans.

Bayard ne fut pas moins fidèle à François Ier qu'au bon roi Louis XII. François, prince aimable, brave, spirituel, magnifique et passionné pour la gloire, eut le tort de ne pas renoncer au Milanais. Il franchit les Alpes à la tête de son armée. Les Suisses s'étant présentés pour l'arrêter, dans les plaines de Marignan, il voulut, avant de les combattre, être armé chevalier de la main de Bayard. Entouré de princes et de seigneurs dont chacun eût brigué l'honneur d'être son parrain, il s'agenouilla devant un simple chevalier, le beau surnom de *sans peur et sans reproche* lui paraissant valoir mieux que tous les titres et toutes les dignités.

La bataille dura deux jours et une nuit. Le roi, jaloux de faire admirer sa valeur, combattait au premier rang. Pour braver l'ennemi, il portait à son casque une magnifique aigrette de diamants, et les fleurs de lis d'or brillaient sur son armure azurée. La Trémoille, Lautrec, la Palisse, Talmont, Trivulce, Bayard, l'entouraient ; le connétable de Bourbon, dont la défection devait plus tard être si funeste à la France, se tenait à ses côtés et lui sauva la vie. Les Suisses, malgré leur courage digne de celui des Français, furent vaincus, et François s'empara du Milanais.

L'empereur Maximilien fit en vain, l'année suivante, le siége de Milan ; le connétable de Bourbon l'obligea d'y renoncer, et le chagrin que ce monarque en éprouva le conduisit au tombeau.

L'ambition conseilla alors à François de briguer le trône impérial, auquel prétendait aussi Charles-Quint, roi d'Espagne. Charles l'emporta sur son rival, et, ne lui pardonnant pas d'avoir osé aspirer à cette couronne, il eut le talent de lui faire des ennemis de presque tous les princes de l'Europe.

Une armée allemande vint mettre le siége devant Mézières. Quand François Ier vit cette place menacée, il résolut de la brûler, parce qu'elle n'était pas en état de résister à une armée.

— Sire, lui dit Bayard, il n'y a pas de place faible, quand il y a des gens de cœur pour la défendre.

Le roi l'y envoya donc en toute hâte, avec quelques troupes choisies. Presque aussitôt la ville fut investie par quarante mille hommes, aux ordres des comtes de Nassau et de Sickenghem. Pendant six semaines, Bayard soutint tous leurs efforts et leur fit éprouver de grandes pertes ; puis, quand il vit que la résistance serait inutile, il eut recours à la ruse pour diviser les deux généraux ennemis. Il écrivit à Robert de la Marck, qui se trouvait alors à Sedan, et fit adroitement pressentir dans cette lettre que le comte de Nassau paraissait disposé à entrer au service de la France. Ce général n'y songeait pas, car il venait de sommer Bayard de lui remettre Mézières et en avait reçu cette belle réponse :

— Je ne sortirai d'une place que le roi m'a confiée que sur un pont fait du corps de ses ennemis.

Bayard choisit pour porter sa missive au comte de la Marck un homme intelligent, auquel il recommanda de se laisser prendre par les soldats de Sickenghem. C'était chose facile, puisqu'ils tenaient toute la campagne. A peine arrêté, le messager fut conduit au général, qui se saisit des papiers dont il était porteur. Ce qu'il lut des intentions du comte de Nassau le fit entrer dans une si grande colère, que, sans songer à s'assurer de la vérité de ses suppositions, il donna l'ordre à son armée de s'éloigner aussitôt. Nassau, informé de ce mouvement, en fit demander la cause. Sickenghem ne lui répondit que par des reproches et des injures. Peu s'en fallut que les deux généraux n'en vinssent aux mains ; ils se séparèrent du moins dans la plus complète mésintelligence, et Mézières fut délivré. C'était ce que demandait Bayard, qui se rendit ensuite en Italie.

François Ier avait encore une fois perdu le Milanais, par la trahison du connétable de Bourbon, qui, mécontent de la cour, s'était donné à Charles-Quint. Les Français assiégèrent Milan, sans pouvoir s'en rendre maîtres, et ils eurent beaucoup à souffrir devant cette place, pendant tout l'hiver. Bayard occupa tant qu'il put le village de Rebec, situé près de la ville ; mais se voyant obligé de l'abandonner, il voulut du moins couvrir la retraite de ses soldats et resta, presque seul, exposé au feu des Espagnols. Un coup d'arquebuse l'atteignit et lui brisa la colonne vertébrale. Il tomba, en s'écriant :

— Jésus ! mon Dieu ! je suis mort !

Il pria les hommes d'armes qui l'entouraient de le déposer au pied d'un arbre, le visage du côté de l'ennemi, auquel il ne voulait pas, dit-il, commencer à tourner le dos. Cela fait, il engagea ses amis à s'éloigner, de crainte qu'ils ne fussent faits prisonniers. Il chargea l'un d'eux d'aller dire au roi que la seule chose qu'il regrettait était de ne pouvoir le servir plus longtemps.

Les Espagnols arrivaient. Le marquis de Pescaire, leur général, reconnaissant Bayard, ordonna qu'on tendît sa propre tente autour du chevalier et qu'on allât chercher un prêtre. Le connétable de Bourbon, informé de la blessure du bon chevalier, accourut pour le voir et ne put retenir ses larmes.

— J'ai grand'pitié, lui dit-il, brave Bayard, de vous voir en cet état.

— Point de pitié pour moi, monseigneur, répondit le héros ; car je meurs pour mon pays et pour mon roi ; mais pitié pour vous, qui portez les armes contre votre prince, votre patrie et votre serment.

Le marquis de Pescaire fit faire pour lui, pendant deux jours, des prières solennelles ; puis il fit embaumer son corps, le rendit aux Français, et mit en liberté tous ceux qui s'étaient laissé faire prisonniers pour voir encore une fois le chevalier sans peur et sans reproche. Le duc de Savoie, sur les terres duquel il fallut passer pour ramener en France les restes de Bayard, ordonna qu'on reçût le convoi comme celui d'un prince du sang, et que ses chevaliers l'accompagnassent jusqu'aux frontières. A partir de là, ce fut le peuple qui le suivit, en versant des pleurs, en faisant entendre des cris et des gémissements. François Ier se montra très-sensible à cette perte. Bayard n'était ni général, ni connétable, mais c'était la plus rude épée, le plus noble cœur du royaume ; c'était l'honneur de son siècle et le modèle de la chevalerie.

L'année suivante eut lieu la bataille de Pavie, qui rappela, par ses funestes résultats, la terrible journée de Poitiers. On engageait François Ier à ne pas la livrer ; mais, ne voulant pas reculer devant le duc de Bourbon, qui commandait les ennemis, il attaqua, avec des troupes harassées de fatigue, une armée bien supérieure en nombre. Il combattit en désespéré, au plus fort de la mêlée. Blessé au bras, à la jambe, au visage, et renversé sous son cheval, il fut reconnu par un gentilhomme du duc de Bourbon. Le vice-roi de Naples le fit relever, reçut à genoux son épée, et le traita avec les plus grands égards.

On dit que l'illustre prisonnier s'écria :

— Ah ! brave Bayard, si tu vivais encore, je ne serais pas ici.

Le roi écrivit à sa mère une lettre dans laquelle se trouvaient ces mots : « De toutes choses, ne m'est demeuré que l'honneur et la vie. » De ces mots on a fait la phrase célèbre : « Tout est perdu, madame, fors l'honneur. »

Transporté à Madrid, François languit en prison et n'obtint sa liberté qu'après avoir signé un traité par lequel il renonçait à toute prétention sur l'Italie, à toute suzeraineté sur la Flandre, et donnait à Charles-Quint le duché de Bourgogne. Les états généraux s'opposèrent au démembrement du royaume, ce que le roi savait d'avance, et la guerre recommença, avec des alternatives de succès et de revers. Charles rêvait la conquête de la France, qui seule lui manquait pour que son pouvoir rappelât celui de Charlemagne.

Il entra en Provence avec cinquante mille hommes, s'avança jusqu'à Marseille, et, sûr du succès, il demanda à un officier français combien il y avait de journées jusqu'à Paris.

— Si par journées Votre Majesté veut dire des batailles, répondit l'officier, il y en aura bien une douzaine, à moins que l'étranger n'ait la tête cassée à la première.

Il n'y eut pas de bataille ; mais la Provence, évacuée et ruinée par l'ordre de François Ier, n'offrit qu'un vaste désert aux troupes impériales ; et pour ne pas y voir mourir jusqu'au dernier de ses soldats, Charles-Quint se hâta de regagner l'Italie. Les Provençaux n'avaient pas murmuré contre un ordre qui les ruinait : ils voulaient à tout prix rester Français. La Picardie ne se montra pas moins dévouée. Les femmes imitèrent Jeanne Hachette, en combattant sur les remparts des villes attaquées ; et pendant que les provinces se défendaient ainsi, les armateurs normands battaient en mer les Espagnols et les Flamands.

Charles-Quint profita d'une trêve conclue deux ans après, pour traverser la France, afin de se rendre à Gand, sa ville natale, dont les habitants venaient de se révolter contre lui. François lui accorda le passage et lui fit rendre les plus grands honneurs, sans vouloir écouter ses courtisans, qui lui conseillaient de le retenir. Cependant il ne laissa pas ignorer à ce prince ce qu'on cherchait à lui insinuer.

— Voilà, lui dit-il un jour, en lui montrant la duchesse d'Etampes, une belle dame qui ne veut pas que je vous laisse sortir de Paris, avant que vous ayez révoqué le traité de Madrid.

— Si le conseil est bon, il faut le suivre, répondit Charles.

Mais il jugea prudent de mettre madame d'Etampes dans ses intérêts, et le même jour, à table, comme elle lui présentait à laver, il laissa tomber dans l'aiguière une bague d'un prix inestimable. La duchesse la ramassa et voulut la lui rendre.

— Non, madame, dit-il, elle est en de trop belles mains pour la reprendre.

Il promit de céder le Milanais à l'un des fils du roi; mais quand il fut hors de France, il ne se souvint plus de sa parole, et la guerre éclata de nouveau.

Les Français gagnèrent en Italie la bataille de Cérisoles; mais Charles-Quint était entré en Champagne, et Henri VIII, qu'il avait animé contre François Ier, avait fait une descente en Picardie. Les deux rivaux songèrent encore à la paix et la signèrent à Crespy en 1544. Elle allait être de nouveau rompue, lorsque François Ier mourut.

Charles ne pouvait que reporter sur Henri II la haine qu'il avait jurée au roi défunt; car cette haine venait du désir de posséder le beau royaume soumis au sceptre de ces princes. La conquête de la France était sa chimère, comme l'investiture du Milanais avait été celle de François Ier. Henri craignait cette puissance colossale, qui le menaçait à la fois sur toutes ses frontières, et il se tenait prêt à se défendre et même à attaquer, si l'occasion se présentait.

Charles-Quint ayant déclaré la guerre aux protestants d'Allemagne, et trouvant dans ce pays une grande résistance, Henri II jugea le moment favorable pour entrer en campagne. Il fondit à l'improviste sur les trois villes impériales, Metz, Toul et Verdun, et s'en empara presque sans coup férir. A cette nouvelle, l'Empereur comprit qu'il avait porté trop loin ses espérances, et qu'il avait été bien présomptueux le jour où il avait dit à Pierre de la Baume, qui le priait de le rétablir sur le siége de Genève :

— Monsieur l'évêque, quand j'aurai conquis la France pour moi, je prendrai Genève pour vous.

Pourtant il ne voulut pas encore renoncer à ce rêve si longtemps caressé. Il accorda la paix aux princes luthériens d'Allemagne, afin de pouvoir tourner toutes ses forces contre Henri II. Au mois d'août 1552, il passa le Rhin avec une puissante armée et une artillerie formidable. Il s'avança à petites journées vers Metz, qu'il avait résolu de reprendre à tout prix, et d'où il comptait pénétrer au cœur de la France.

Henri envoya dans la place menacée François de Lorraine, duc de Guise, alors âgé de trente-trois ans et surnommé le Balafré, à cause d'une blessure qu'il avait reçue en 1545, pendant que Henri VIII, roi d'Angleterre, allié de Charles-Quint, faisait le siége de Boulogne. Doué d'une bravoure à toute épreuve, d'une présence d'esprit que rien ne déconcertait, d'une grande habileté dans l'art militaire, le duc de Guise fut suivi à Metz par l'élite de la noblesse, heureuse de servir sous les ordres d'un si brillant général et de verser son sang pour la défense du pays. Chacun sentait de quelle importance il était d'arrêter devant cette barrière et d'y briser, s'il était possible, l'effort d'une armée qui menaçait de tout engloutir.

Le duc de Guise se hâta de mettre la ville en état de défense. Il trouva presque partout les murailles mauvaises, sur plusieurs points les fossés comblés, et sur d'autres la place assez découverte pour que l'artillerie espagnole pût y causer de grands ravages. Cependant, il conserva l'espoir de remédier à tout, le fit partager aux

gentilshommes qui l'avaient accompagné, aux troupes de
la garnison et aux habitants de Metz.

Pour que cet espoir pût se réaliser, il fallait que chacun
mît la main à l'œuvre. Le duc organisa les travaux dès
le jour de son arrivée. Il fit raser les faubourgs, afin que
l'ennemi ne pût s'y loger, ouvrir des tranchées, creuser
des fossés, réparer les murailles, établir des batteries,
élever de nouveaux ouvrages du côté dominé par les
hauteurs. Il surveillait tout, animait les travailleurs par
sa présence, et réveillait dans tous les cœurs, avec la
haine de l'étranger, le dévouement à la patrie.

Chaque jour il pouvait constater de grands progrès
dans ces divers travaux ; mais Charles-Quint marchait
aussi, et il importait que tout fût terminé lorsqu'il pa-
raîtrait. Le duc croyait avoir tout prévu, tout ordonné,
quand il reconnut, après un nouvel examen, la nécessité
de fortifier un point auquel il n'avait point pensé d'abord.
Il donna ses ordres ; mais il ne trouva personne pour les
exécuter, tous les hommes capables de travailler étant
occupés ailleurs.

— Messieurs, dit-il aux princes et aux gentilshommes
qui l'entouraient, il s'agit de savoir si nous saurons aussi
bien manier la pelle et la pioche que l'épée. Si, comme je
le pense, vous êtes disposés à servir le roi de vos sueurs
aussi bien que de votre sang, imitez-moi.

Et, se débarrassant aussitôt de ses riches habits, il
commença à travailler de si bon cœur, que tous les seigneurs en firent autant. Les soldats et les gens du peuple
s'émerveillèrent de les voir creusant la terre, préparant le
mortier, portant la hotte, pendant des heures entières,
comme s'ils n'eussent fait autre chose de toute leur vie.
Le duc tenait à honneur de venir chaque jour prendre sa
part dans cette rude besogne ; il ne la quittait que quand

il y était forcé, ce qui arrivait souvent toutefois ; car il
avait à régler une foule de détails, tous nécessaires au
salut de la ville.

Il amassait autant de vivres qu'il le pouvait, créait des
magasins et des hôpitaux militaires, faisait fabriquer de
la poudre, fondre des balles, réparer des canons. Il
prenait en même temps des mesures afin que l'ordre ne
fût point troublé pendant le siége, et il veillait à ce
que les grains, le bétail, les provisions de toutes sortes,
qu'on lui amenait sans cesse, fussent exactement payés.

Quand il apprit que l'ennemi approchait, il réunit les
habitants, leur témoigna sa satisfaction de la manière
dont ils s'étaient employés à fortifier leur ville, leur dit
qu'avec l'aide de Dieu, il comptait bien la sauver ; mais
qu'il ne voulait exposer ni les femmes, ni les enfants, ni
les vieillards aux dangers et aux souffrances d'un siége
qui, sans doute, serait long et meurtrier. Il ajouta que,
pour ne pas condamner les chefs de famille à une sépa-
ration douloureuse, il avait résolu de faire sortir de la
ville toute la population. Il ordonna, en conséquence, que
chacun dressât une liste des meubles et des effets qui
resteraient dans sa maison, s'engagea à les faire respecter
par les soldats et à les restituer à qui de droit, lorsque
la place serait délivrée. Il promit, en outre, bon accueil
dans les villes voisines à tous ceux qu'il congédiait ainsi,
et il écrivit aux communes qu'elles seraient indemnisées
de ce que pourrait leur coûter l'hospitalité accordée aux
gens de Metz.

Quelques bourgeois voulurent protester contre cette
décision du Balafré, qui semblait ainsi se méfier de leur
courage. Il les calma et les rassura, en leur disant qu'il
les admettrait volontiers à concourir à la défense de la
place, s'il ne jugeait pas la garnison suffisante ; mais

qu'avec ses cinq mille hommes il répondait de tenir contre l'ennemi aussi longtemps que les vivres ne lui feraient pas défaut ; qu'il ne craignait rien autre chose que la disette, et que c'était surtout pour éloigner le moment où elle se ferait sentir qu'il renvoyait tant de braves bourgeois, prêts à mourir pour le service du roi et la défense de leur cité.

Cinq mille hommes, c'était bien peu pour résister à une armée qui en comptait près de quatre-vingt mille ; cependant le duc de Guise écrivit au roi qu'il n'avait pas besoin de renforts, et qu'on pouvait envoyer sur d'autres points les régiments qu'on lui destinait.

Il partagea entre les officiers toute l'étendue des remparts, distribua les soldats sous leurs ordres et se réserva la surveillance générale. Dès que l'avant-garde impériale fut signalée, il fit couper tous les ponts, murer les portes qui ne pouvaient être utiles à la défense, et transporter du canon jusque sur les voûtes des églises.

L'armée ennemie parut enfin. Elle se divisa en trois camps et investit entièrement la ville, au commencement d'octobre. Charles-Quint dirigeait le siége en personne. Il avait juré de prendre Metz, quand il devrait y perdre cent mille hommes. Sous les yeux de leur souverain, les Impériaux firent merveille. Ils établirent de nombreuses batteries contre la place et tirèrent si furieusement, qu'on entendait, dit-on, le bruit de leur canon jusqu'à Strasbourg. Les assiégés répondaient bravement et ne se bornaient point à cela. Les gentilshommes qui étaient venus s'enfermer dans Metz voulaient se mesurer de plus près avec les ennemis ; ils faisaient chaque jour plusieurs sorties, tantôt sur un point, tantôt sur un autre, de manière à tenir sans cesse en haleine l'armée impériale. Quand ils se voyaient sur le point d'être enveloppés, ils reprenaient le chemin de la ville, poursuivis par de nombreux détachements ; mais la porte s'ouvrait, une troupe s'avançait en bon ordre, les fuyards faisaient volte-face et tombaient sur les Impériaux, dont ils tuaient une partie et dispersaient le reste.

Ceux qui ne combattaient pas travaillaient à élever des remparts derrière les murailles, que l'artillerie battait sans relâche. Quand une brèche s'ouvrait, les Impériaux qui voulaient s'y élancer reculaient avec rage, en voyant qu'ils n'avaient encore rien fait. Ils ne s'étaient pas attendus à une si grande résistance. Peu de temps après les premières attaques, le prince de Piémont, qui servait Charles-Quint, avait envoyé dire au duc de Nemours de faire préparer à souper, le dimanche suivant, pour lui et pour quelques-uns de ses amis. Souvent dans les sorties, quelque brave seigneur français provoquait soit un grand d'Espagne, soit un noble allemand, et les deux armées assistaient à ce combat singulier, en regrettant de ne pouvoir livrer une véritable bataille.

La plus grande courtoisie régnait entre ces ennemis, jaloux de se montrer dignes des chevaliers leurs ancêtres. On se battait, mais on y mettait des procédés. Un gentilhomme espagnol écrivit au duc de Guise pour réclamer un de ses esclaves, qui lui avait dérobé un cheval de prix et s'était sauvé dans la ville. Le duc fit chercher le cheval, le renvoya au camp, et fit prier l'Espagnol de trouver bon qu'il ne lui rendît pas l'esclave.

— Ce serait, dit-il, violer les privilèges du royaume, qui consistent à donner la liberté à tous ceux qui viennent l'y chercher.

Le siège traînant en longueur, les pluies survinrent, puis les froids. L'armée ennemie, mal abritée sous ses tentes et fatiguée par des attaques continuelles, vit bientôt la maladie s'abattre sur elle. Chaque jour, des centaines d'hommes succombaient au typhus, sans compter ceux qu'enlevaient les batteries et les arquebuses de la ville. Charles-Quint souffrait cruellement de ce désastre et n'osait pourtant ordonner l'assaut, dans la crainte d'exposer ses troupes, déjà découragées, à un échec humiliant.

Les assiégés ne manquaient de rien. Ils avaient des vivres pour dix mois, et ils voyaient bien, au ralentissement des attaques, que le siége ne durerait pas aussi longtemps qu'ils l'avaient pensé d'abord. Toutefois, ils continuaient à faire bonne garde et à exécuter tous les travaux qu'ils jugeaient utiles, dans la crainte qu'une seconde armée ne vînt remplacer la première. Mais Charles-Quint, ne pouvant plus supporter le triste spectacle qu'offrait son camp rempli de morts et de mourants, se décida enfin à lever le siége. Il avait perdu la moitié de son armée, et l'autre moitié comptait une foule de blessés et de malades qui restèrent sur les chemins ou ne purent quitter les abords de la ville. Le duc de Guise, touché de compassion, leur fit donner des secours et se montra aussi humain, aussi généreux qu'il avait été brave.

La belle défense de Metz le couvrit de gloire en sauvant la France d'une terrible invasion, et en la délivrant pour toujours du redoutable ennemi qui la menaçait depuis trente ans. Charles-Quint, profondément humilié de ce grand désastre, fit encore quelques efforts pour laver l'affront qu'il avait reçu ; puis, obligé de renoncer à l'espoir de soumettre un pays qui trouvait de si nobles défenseurs, et comprenant enfin que Dieu brise, quand il lui plaît, les projets des plus grands rois, il remit le sceptre à son fils et alla s'ensevelir dans un monastère.

Philippe II, son successeur, ne tarda pas à s'armer

contre la France. Ses troupes, unies à celles de l'Angleterre et de la Savoie, mirent le siége devant Saint-Quentin. A l'exemple de Metz, la ville se défendit bien ; mais par l'imprudence du connétable de Montmorency, l'armée française, qui y amenait du secours, fut attaquée et complétement battue. Le duc de Guise, appelé à réparer ce malheur, assembla promptement une nouvelle armée, à la tête de laquelle, trompant les ennemis par de fausses marches, il parut devant Calais, qui ne s'attendait pas à être assiégé. La garnison en était alors peu nombreuse ; mais la place était très-forte et le duc de Guise eut besoin de toute sa valeur, de toute son habileté pour s'en rendre maître. Vaillamment secondé par une foule de volontaires, il contraignit en huit jours la ville à ouvrir ses portes et en chassa les Anglais, auxquels il ne resta plus rien sur le continent. Cette précieuse conquête, suivie de la prise de Thionville, amena la conclusion de la paix et mit le duc de Guise au-dessus de tous les capitaines de son temps. Le parlement lui décerna le titre de conservateur de la patrie, et certes il l'avait bien méritée.

Par malheur, ce vaillant prince, obéissant à son ambition plus encore qu'à ses sentiments religieux, se mit à la tête du parti catholique, contre les protestants, et fit éclater, dit-on, la guerre civile, qui longtemps après lui devait encore désoler la France. Peut-être eût-elle éclaté sans lui, tant était grande l'irritation des esprits ; mais ce qui est certain, c'est qu'il s'y montra souvent cruel.

Cependant il savait être généreux. Un gentilhomme huguenot, qui s'était introduit dans son camp pour le tuer, ayant été arrêté, le duc lui dit :

— Mon ami, t'aurais-je fait, sans le savoir, quelque tort ou quelque déplaisir ?

— Non, répondit le protestant ; mais vous êtes le plus grand ennemi de ma religion.

— Eh bien ! reprit le Balafré, si ta religion t'apprend à m'assassiner, la mienne m'oblige à te pardonner. Va, je te rends la liberté.

Vainqueur dans plusieurs combats, le duc de Guise se disposait à attaquer Orléans, boulevard des protestants, lorsqu'il fut tué d'un coup de pistolet par Poltrot de Méré. Cette fois encore il recommanda l'assassin à la clémence du roi ; mais le pardon qu'il lui avait accordé ne fut pas ratifié. Les huguenots élevèrent jusqu'au ciel l'action de Poltrot, et leurs poëtes firent des vers en son honneur. Le fanatisme leur faisait voir dans ce crime un éminent service rendu à leur religion et dans le supplice du meurtrier un glorieux martyre.

VII.

Guerres de religion. — Le chancelier de l'Hôpital. — Judith Andrau. — Constance de Cezeli. — Henri IV et Sully. — Richelieu. — Les bourgeois de Saint-Jean-de-Losne.

Les guerres de religion sont une des plus tristes époques de notre histoire : elles armèrent le père contre son fils, le frère contre son frère, firent d'irréconciliables ennemis des citoyens d'une même ville, des habitants d'une même province, des enfants d'une même patrie. Toutes les horreurs qui accompagnent les guerres civiles, trahisons, massacres, pillage, supplices, mirent alors la France en deuil.

A la tête du parti protestant ou des huguenots était Louis de Bourbon, prince de Condé, qui osa bloquer Paris en 1567. Les Parisiens forcèrent le vieux connétable de Montmorency à faire contre eux une sortie, dans laquelle il fut tué. Condé offrit encore le lendemain la bataille aux catholiques ; mais ils ne l'acceptèrent point. Deux ans après, il périt lui-même à la bataille de Jarnac, et les huguenots, dont il était l'âme, parlaient de se retirer à la Rochelle, quand Jeanne d'Albret, reine de Navarre, vint les trouver.

— Voici, dit-elle en leur présentant son fils Henri de Béarn et le jeune prince de Condé, deux nouveaux chefs que Dieu vous envoie et deux orphelins que je vous confie.

Henri de Béarn n'avait que quinze ans ; mais il était fort et vaillant ; on le nomma général, et on lui donna pour conseiller l'amiral de Coligny, qui s'était montré brave et habile en défendant Saint-Quentin.

La guerre continua ; mais, l'année suivante, la trop fameuse reine Catherine de Médicis, veuve de Henri II, qui gouvernait la France sous Charles IX, comme elle l'avait gouvernée sous François II et devait la gouverner encore sous Henri III, Catherine de Médicis, disons-nous, fit accorder aux protestants une « paix mauvaise et manquée, véritable coupe-gorge. »

— Pour la rendre durable, disait-elle, il fallait marier Marguerite, sœur du roi, au fils de Jeanne d'Albret.

Cette princesse, l'amiral de Coligny et les principaux du parti huguenot vinrent à Paris, pour assister à ce mariage. Jeanne d'Albret mourut avant qu'il fût célébré ; et pendant les fêtes qui le suivirent, Coligny, qui était au mieux avec le roi, fut blessé en sortant du Louvre par un homme aux gages du duc de Guise.

Charles IX parut en ressentir un vrai chagrin ; mais le lendemain, pressé par sa mère, son frère et plusieurs seigneurs français ou italiens, il ordonna que les portes de Paris fussent fermées la nuit suivante (24 août 1572) et que les huguenots fussent mis à mort.

Coligny fut une des premières victimes de ce massacre, resté tristement célèbre sous le nom de Saint-Barthélemy. Le roi de Navarre et le prince de Condé, forcés d'abjurer, furent enfermés au Louvre.

Pendant plus de quinze jours on ne cessa de tuer, et des ordres furent donnés pour que la province suivît l'exemple de Paris.

Jamais plus affreux spectacle n'avait désolé la France. Mais il n'y a pas d'époque, si fatale qu'elle soit, qui n'ait été marquée par des traits de courage et de générosité, sur lesquels on aime à s'arrêter au milieu des scènes de carnage et de désolation.

« Quelques gouverneurs refusèrent d'obéir à la cour, entre autres Montmorency, dans l'Ile-de-France ; Longueville, en Picardie ; Charny, en Bourgogne ; de Gordes, en Dauphiné ; Joyeuse, en Languedoc ; Saint-Hérent, en Auvergne. La plus rude leçon aux massacreurs fut donnée par le bourreau de Troyes : il refusa d'aider à la tuerie, disant « qu'il n'était de son office d'exécuter sans qu'il y eût sentence de condamnation. » Celui de Lyon fit la même réponse.

On se rappellera toujours le courage de l'évêque de Lisieux, Jean Hennuyer, lorsque, peu de jours après la Saint-Barthélemy, le lieutenant du roi vint lui communiquer l'ordre qu'il avait reçu de faire massacrer tous les huguenots de Lisieux. Le prélat déclara qu'il ne souffrirait pas qu'un tel crime fût commis au nom de la religion ; et le lieutenant lui ayant demandé acte de son opposition, il le signa, au risque de signer son arrêt de mort. Puis, craignant que, malgré sa défense, des violences ne fussent commises, il ouvrit aux protestants les portes du palais épiscopal, les y reçut en père, les défendit contre les furieux qui essayaient de violer cet asile.

L'archevêque de Lyon ouvrit aussi son palais aux huguenots ; mais, moins heureux que Jean Hennuyer, il ne put les soustraire à la fureur de la multitude. Les portes de l'archevêché furent forcées, et le prélat eut la douleur de voir égorger sous ses yeux ceux pour lesquels il offrait vainement sa vie.

Le vicomte d'Orthez, gouverneur de Bayonne, ne montra pas moins de fermeté. S'il faut en croire d'Aubigné, il écrivit au roi :

« Sire, j'ai communiqué les lettres de Votre Majesté à ses fidèles habitants et gens de guerre de la garnison ; je n'ai trouvé que de bons citoyens et de braves soldats, mais pas un bourreau. »

Nous ne pouvons omettre ici le nom du chancelier Michel de l'Hôpital, que son noble caractère, ses mœurs sévères, son esprit élevé, son âme sensible et généreuse, son rare désintéressement, son calme intrépide au milieu du bouleversement général du royaume, désignent à la postérité comme une des gloires de la magistrature. Nommé surintendant des finances en un temps où le trésor royal était épuisé par les frais de la guerre, le faste de la cour et les malversations des traitants, il effraya les coupables par une juste sévérité, mit l'ordre dans la recette et la dépense, et refusa de payer les dons trop légèrement accordés par un souverain prodigue.

— Dois-je préférer, disait-il, l'amitié déshonorante de certains courtisans à ce que me prescrivent mes obligations envers mon roi et mon amour pour ma patrie ?

Le cardinal de Lorraine, qui rendait justice au mérite de l'Hôpital, le fit entrer dans le conseil du roi ; Marguerite de Valois, duchesse de Savoie, l'emmena avec elle pour être son chancelier ; mais François II le rappela et lui confia la même charge, espérant qu'il remédierait

aux maux qui commençaient à désoler la France. Sa
haute sagesse et sa modération le rendaient propre à
pacifier les partis ; mais l'effervescence des esprits était
alors si grande, que ceux-mêmes qui l'avaient élevé à
cette haute dignité ne goûtèrent point ses conseils. Il le
vit et se retira de lui-même dans sa terre de Vignay, près
d'Etampes. Le roi lui fit redemander les sceaux ; il les
remit avec joie et trouva dans la vie des champs une paix
qu'il n'avait jamais goûtée au milieu des grandeurs.

La nouvelle du massacre de la Saint-Barthélemy le
frappa au cœur, et ses amis craignaient qu'il ne fût
compris dans la liste de proscription, son humanité
l'ayant fait soupçonner d'un secret penchant pour le
calvinisme. Ils l'engagèrent donc à chercher son salut
dans la fuite.

— Non, dit-il, il en sera ce qu'il plaira à Dieu.

Le lendemain, ses domestiques l'avertirent qu'une
troupe de cavaliers armés se dirigeaient vers la maison,
et lui demandèrent s'il fallait en fermer les portes.

— Non, répondit-il. Si la petite ne suffit pas pour leur
donner passage, ouvrez encore la grande.

Ces gens accouraient, en effet, pour le tuer ; mais des
envoyés du roi arrivèrent à temps pour empêcher ce
crime.

— On vous a pardonné l'opposition que vous avez
toujours faite à nos projets, dirent-ils au vertueux
vieillard.

— J'ignorais, répondit froidement l'Hôpital, que j'eusse
jamais mérité la mort ni le pardon.

Il languit pendant six mois, et il mourut en répétant :
« Périsse à jamais le souvenir de ce jour exécrable ! »

La valeur militaire ne manqua pas plus à cette époque
que dans les siècles les plus brillants. Il y eut du côté des

huguenots, comme de celui des catholiques, des actes
d'une rare bravoure. Des villes attaquées par l'un ou par
l'autre parti se défendirent vaillamment, et plus d'un nom
obscur sortit alors de l'oubli. Nous nous bornerons à citer
celui de deux femmes de condition différente, mais d'égal
courage : Judith Andrau et Constance de Cezeli.

Judith Andrau habitait la petite ville de Castellane,
en Dauphiné. Elle y avait souffert pendant de longues
années toutes les privations de la pauvreté ; mais elle
l'aimait, parce qu'elle y était née et qu'elle y avait passé
les années de son enfance.

En 1585, le sire de Lesdiguières, qui commandait les
huguenots armés en faveur du Béarnais, soumit la Provence et le Dauphiné avec une promptitude qui fit le plus
grand honneur à sa valeur et à son habileté. Mais la joie
que lui causèrent ces rapides succès fut troublée par la
résistance inattendue de Castellane. Les habitants de
cette petite ville refusèrent d'ouvrir leurs portes, et,
s'animant les uns les autres à se bien défendre, ils
restèrent insensibles à la menace que Lesdiguières leur
fit de livrer Castellane au pillage, lorsqu'il s'en serait
emparé.

Toutefois, lorsqu'ils virent une nombreuse armée
s'avancer contre eux, l'effroi les saisit ; car il leur
parut impossible de résister à des forces si imposantes.
Ils ne voulaient pas se rendre ; mais ils regrettaient
d'avoir parlé trop fièrement à un ennemi qui pouvait les
écraser. Apprenant alors que Judith Andrau avait un
parent dans les troupes de Lesdiguières, ils la pressèrent
de se rendre au camp, afin de savoir par elle ce qui s'y
passait.

Le récit de Judith ne fut rien moins que rassurant.
Elle avait entendu les soldats se réjouir du pillage et se

promettre de tout faire pour que la ville tombât bientôt en leur pouvoir. Les gens de Castellane furent atterrés de ces nouvelles, auxquelles pourtant ils devaient s'attendre ; mais Judith releva leur courage.

— Si vous voulez m'écouter, leur dit-elle, les menaces de nos ennemis s'en iront en fumée. Je connais leur plan d'attaque, et je saurai le faire échouer.

On lui promit, faute d'autres secours, de lui obéir en tout. Elle distribua la garnison sur les murailles et se chargea seule de la défense de la porte de l'Annonciade, qu'elle savait être plus particulièrement menacée. Seulement, elle eut soin de la faire murer et fortifier au dedans par un rempart de pierres. Tout étant ainsi disposé, elle engagea ses concitoyens à se tranquilliser et s'enferma dans la tour qui protégeait cette porte. Elle y ramassa une grande quantité de poix et d'huile, se munit de bois et de chaudières, puis elle attendit le moment d'en faire usage.

Elle vit, un matin, par les créneaux de la tour, s'avancer une compagnie de bombardiers, et, sans perdre un instant, elle mit le feu sous ses chaudières. Les huguenots firent gaîment jouer leurs pétards. On appelait ainsi de petits canons principalement destinés à endommager les murs et à enfoncer les portes des villes assiégées.

La porte de l'Annonciade, doublée d'un épais contre-fort, ne céda point, et du haut de la tour un ruisseau de poix bouillante tomba sur les assaillants. Ils s'enfuirent en jetant des cris affreux ; d'autres accoururent pour les remplacer, mais ils ne furent pas mieux traités, et bientôt le désordre se mit dans tout ce corps d'armée.

Le capitaine qui dirigeait l'attaque rallia ses soldats et se mit à leur tête pour les ramener à cette porte. La vaillante Judith, dont les provisions étaient épuisées, appela à son aide les bourgeois armés,; puis, ayant reconnu le capitaine, elle fit tomber sur lui la cuve dont elle s'était servie pour verser à flots l'huile et la poix, et elle l'écrasa sous ce fardeau.

Un autre chef qui venait au secours du capitaine fut si rudement reçu par les habitants, que l'exemple de Judith avait électrisés, qu'il s'enfuit avec ses troupes. En vain essaya-t-il de tenter un nouvel effort, ses soldats découragés se mutinèrent, et de graves divisions ayant éclaté dans le camp huguenot, les généraux furent obligés de se séparer.

Constance de Cezeli, d'une noble et riche famille de Montpellier, avait épousé Barri de Saint-Aunez, gouverneur de Leucate. Elle résidait avec lui dans cette place en 1590. A cette époque, Henri III était mort; mais les Ligueurs, soutenus par les Espagnols, disputaient le trône à Henri IV. Le sire de Saint-Aunez, dévoué à son légitime souverain, s'était engagé à défendre Leucate contre quiconque viendrait l'y attaquer. Un jour qu'il se rendait à Toulouse pour conférer avec le duc de Montmorency, il tomba entre les mains d'un parti ennemi qui battait la campagne. Avis de cette importante capture fut aussitôt donné aux Ligueurs et aux Espagnols, qui marchèrent en toute hâte vers Leucate, persuadés que la garnison, privée de son commandant, ne songerait pas même à résister. Mais ils avaient compté sans le courage de Constance. Elle assembla les défenseurs de la place, leur fit part du malheur arrivé à son mari et leur déclara qu'elle était décidée à combattre avec eux pour conserver au roi la place confiée à l'honneur du sire de Saint-Aunez. Tous jurèrent de la seconder, et ils tinrent parole.

Les Ligueurs, vivement repoussés sur tous les points, se réunirent pour aviser à ce qu'ils devaient faire. Sentant quelle honte ce serait pour eux que d'avoir fui devant une femme et désespérant d'intimider leur vaillante adversaire, ils résolurent d'exploiter sa tendresse conjugale. Ils lui envoyèrent donc dire que si elle continuait à se défendre, ils feraient pendre le sire de Saint-Aunez.

Un violent combat se livra alors dans l'âme de Constance : elle aimait tendrement son mari, mais elle avait appris dès son enfance qu'il n'y a rien qu'on ne doive sacrifier à l'honneur.

Elle essaya d'attendrir les ennemis et de les gagner, en leur offrant tout l'or et tout l'argent dont elle pouvait disposer ; puis, quand elle les vit inflexibles, elle leur dit en fondant en larmes :

— J'ai des biens considérables ; je les donnerai tous pour la rançon de mon mari ; mais je ne rachèterai pas sa vie par une lâcheté dont, j'en suis sûre, il refuserait de profiter.

Un nouvel assaut fut donné à la place. Constance, une pique en main, s'exposa comme le dernier de ses soldats. Mais l'ennemi, obligé de battre en retraite, eut la cruauté d'exécuter la menace faite à l'héroïne et de mettre à mort le gouverneur de Leucate. Constance l'apprit avec une profonde douleur, et la garnison avec une violente colère. Il y avait alors dans la place un gentilhomme ligueur fait prisonnier quelques jours auparavant ; les soldats demandèrent qu'on le leur livrât, pour qu'ils vengeassent sur lui la mort du sire de Saint-Aunez. Sa noble veuve eut horreur de ces représailles ; elle répondit que son prisonnier étant innocent de la basse vengeance exercée par les Ligueurs contre le gouverneur de Leucate, elle ne voulait pas qu'il en fût puni.

Henri IV, pénétré d'admiration pour une si généreuse conduite, fit tout haut l'éloge de la dame de Saint-Aunez, lui envoya le brevet de gouvernante de Leucate, et en réserva la survivance à son fils.

Le fils de Jeanne d'Albret, Henri de Navarre, qui avait fait ses preuves de bravoure sous les règnes de Charles IX et de Henri III, continua sa vie de combat après la mort de ce dernier prince. Devenu héritier de la couronne, sous le nom de Henri IV, il fut obligé de la conquérir, Paris lui restant fermé, et la France étant remplie de Ligueurs qui ne voulaient à aucun prix d'un roi hérétique.

Pendant la fatale nuit de la Saint-Barthélemy, il avait abjuré le protestantisme ; mais, parvenu à s'évader quelque temps après, il désavoua cette abjuration forcée et reprit le commandement de l'armée huguenote. Il faisait le siége de Paris avec Henri III, que les Ligueurs avaient forcé d'en sortir, quand ce monarque, méprisé de tous, avait été assassiné par Jacques Clément.

A cette époque déjà, le Béarnais était réputé le roi des braves. Il mérita mieux encore ce titre à la bataille d'Arques, où il courut les plus grands dangers, et à celle d'Ivry, où, voyant plier ses cavaliers, il courut à eux en criant :

« Tournez visage ! Si vous ne voulez pas combattre, voyez-moi mourir. »

Deux fois vainqueur, il courut assiéger Paris. Des Ligueurs fanatiques en étaient les maîtres : ils résistèrent à la famine, quoiqu'elle fît chaque jour de nombreuses victimes. Henri, que cette mortalité affligeait vivement, espérait entrer bientôt dans la ville, quand le duc de Parme, qui commandait une armée espagnole, s'empara de Lagny, et put ravitailler la ville affamée.

Philippe II, roi d'Espagne, qui avait envoyé ce secours à la Ligue, prétendait en recueillir le fruit. Il demanda aux états-généraux, convoqués encore une fois, la couronne de France pour sa fille aînée qui devait épouser l'archiduc Ernest d'Autriche. Il proposait cette princesse, petite-fille de Henri II et nièce des trois derniers rois, comme légitime héritière du royaume, aucun de ces trois rois n'ayant laissé d'enfant mâle.

L'idée de livrer la France aux descendants de Charles-Quint révolta les gens de cœur, et un arrêt du Parlement défendit qu'aucun traité se fît pour transférer la couronne à des princes étrangers.

Malgré cet acte de patriotisme, la guerre menaçait de continuer, quand le roi, touché de tant de misères, et cédant à la prière de ses plus sages amis, consentit à une abjuration qui seule pouvait désarmer les Ligueurs.

Ce ne fut toutefois que huit mois après s'être décidé à ce sacrifice que Henri, ayant gagné peu à peu les chefs de la Ligue, put faire son entrée à Paris. Aussi dit-il avec la bonne humeur qui ne l'avait jamais abandonné, même lorsqu'il était sans ressources : « On ne m'a pas rendu Paris, on me l'a bien vendu. »

Le courage de ce prince, sa franche gaîté, accompagnée d'autant de finesse que de bonhomie, devaient plaire aux Français ; mais ce qui surtout lui gagna le cœur de ses sujets, ce fut l'amour qu'il sut leur prouver en travaillant à réparer les maux de la guerre, à faire régner partout l'ordre et l'abondance.

— Si Dieu me prête vie, dit-il un jour au duc de Savoie, il n'y aura si pauvre laboureur en mon royaume qui ne puisse mettre la *poule au pot* tous les dimanches.

Le seul roi dont le peuple ait gardé la mémoire ne vécut pas assez pour que son vœu se réalisât. Après avoir échappé à de nombreux complots, il tomba sous le poignard de Ravaillac, au moment où il allait entrer en campagne contre la maison d'Autriche.

Si brièvement que nous parlions de Henri IV, nous ne pouvons oublier Sully, son ministre et son ami.

Maximilien de Béthune, baron de Rosny, qui devint maréchal de France et duc de Sully, était né à Rosny en 1559. Avant l'âge de douze ans, il fut présenté par son père à Jeanne d'Albret, mère de Henri. Il plut beaucoup au prince, dont il partagea les jeux et les études, en attendant qu'il partageât ses dangers. Le roi de Navarre fut souvent obligé, pour modérer la valeur du jeune Rosny, de lui rappeler qu'il ne devait pas exposer en toute occasion une vie que son courage et son dévouement rendaient précieuse à son parti.

Malgré ces conseils, Rosny eût péri au siége de Marmande en luttant contre des forces bien supérieures aux siennes, si Henri ne l'eût dégagé. Il prit une grande part à la victoire de Coutras; au combat de Fosseuse, il revint cinq fois à la charge et eut deux épées brisées entre ses mains. A la bataille d'Arques, il fit des prodiges de valeur; à celle d'Ivry, il eut deux chevaux tués sous lui et reçut deux blessures.

Henri lui dit après l'action :

— Brave soldat et vaillant chevalier, j'avais eu toujours bonne opinion de vous ; mais vos actions signalées et votre modestie ont surpassé mon attente. C'est pourquoi je vous veux embrasser des deux bras, en présence des princes, capitaines et grands chevaliers qui sont ici.

Tant que Henri fut obligé de combatre pour sa couronne, Rosny fit preuve d'une bravoure à toute épreuve ; et quand le roi put s'asseoir enfin sur le trône qui lui avait été longtemps disputé, il se montra aussi habile

négociateur, aussi profond politique, aussi sage admi-
nistrateur qu'il avait été vaillant soldat. Nommé surintendant des finances en 1597, il mit tant d'ordre dans
les affaires de l'Etat, qu'il parvint en dix ans à éteindre
200 millions de dettes et à économiser 30 millions, qu'il
déposa dans les caveaux de la Bastille. Ce résultat était
d'autant plus merveilleux, que Rosny n'exigeait annuelle-
ment des Français que 35 millions, tandis qu'avant lui on
leur arrachait 150 millions, dont le cinquième seulement
entrait dans les coffres du roi.

Les gouverneurs des provinces et les grands seigneurs
levaient souvent des impôts à leur profit, soit de leur
propre autorité, soit après en avoir obtenu ou surpris
l'autorisation. Sully s'opposa vivement à ces abus.
Mlle d'Entragues, marquise de Verneuil, alors toute-
puissante auprès du roi, vint un jour trouver le surintendant pour qu'il cessât de s'opposer à ces impôts arbitraires.
Rosny, dont la franchise ne connaissait guère de ménage-
ments, exprima toute l'indignation que lui causaient les
tentatives faites auprès du roi pour dépouiller le peuple.

— En vérité, dit la marquise avec colère, le roi serait
bien bon, s'il mécontentait tant de gens de qualité pour
se prêter à vos idées. A qui voudriez-vous qu'il fît du
bien, si ce n'est à ses parents et à ses courtisans ?

— Madame, répondit Sully, vous auriez raison, si le
roi prenait cet argent dans sa bourse ; mais il veut le
prendre dans celle des marchands, des artisans, des
laboureurs et des pasteurs. Ces gens-là, qui le font vivre,
et nous tous, nous avons assez d'un maître et nous
n'avons pas besoin de tant de princes et de courtisans.

Quelque temps après, Henri, ayant eu la faiblesse de
faire par écrit une promesse de mariage à la marquise
de Verneuil, montra ce billet à Rosny, qui le jeta au feu.

— Es-tu fou, Rosny? s'écria le roi indigné.

— Oui, sire, je suis fou, répondit le ministre ; mais je voudrais l'être si fort, que je le fusse tout seul en France.

La colère du roi contre son surintendant ne durait jamais longtemps. Il se plaignait bien parfois de l'humeur rude, impatiente et contredisante de cet ami, qui lui disait la vérité, si désagréable qu'elle fût ; mais il ne pouvait s'empêcher de l'estimer, de l'aimer et de rendre justice à ses bonnes intentions.

— Rosny, disait-il, désire avec passion l'honneur et la grandeur de moi et de mon royaume. Il a l'esprit fort industrieux et très-fertile en expédients ; il est grand ménager de mon bien, fort laborieux et fort diligent.

Il eût été difficile, en effet, de trouver en France un homme plus sérieusement occupé que celui-là. Tous les jours, depuis quatre heures du matin jusqu'à la nuit, il appartenait à l'Etat. Les devoirs de ses différentes charges, l'audience à laquelle chacun était admis remplissaient tout son temps. Afin d'être prêt à recommencer le lendemain, il se couchait à dix heures, à moins qu'un travail pressé ne le retînt encore. Le roi allait souvent le voir, et toujours il le trouvait écrivant dans son cabinet. Un jour que plusieurs courtisans l'accompagnaient dans cette visite, on dit à Henri que le surintendant travaillait.

— Ne pensiez-vous pas, messieurs, demanda en riant le bon roi, qu'on allait me dire que Rosny était à la chasse ou bien avec des dames?

Henri IV ne pouvait se passer de Sully, son ami, son conseiller, le confident de ses projets et de ses ennuis. Ce fut en allant lui faire visite à l'Arsenal que le bon roi fut assassiné.

Sully fut disgracié à la mort de Henri IV, et cette mort devint ainsi un double malheur pour la France.

Un autre ministre travailla, sous Louis XIII, à la grandeur du royaume et prépara la puissance de Louis XIV. Nous voulons parler de Richelieu. Après avoir pris la Rochelle pour réduire à l'obéissance les protestants, qui formaient un Etat dans l'Etat, Richelieu entreprit contre la maison d'Autriche la lutte gigantesque rêvée par Henri IV. Il s'empara lui-même de la Savoie, traita avec la Suède, la Bavière et la Hollande, tout en luttant à l'intérieur contre les nombreux ennemis de son autorité. Mais en 1635, pendant que les troupes françaises étaient en Hollande, les Espagnols entrèrent en Picardie et les Autrichiens en Bourgogne.

A la nouvelle de cette invasion, toutes les rancunes, tous les mécontentements furent oubliés ; l'amour de la patrie se réveilla dans les cœurs. Paris, menacé, se leva comme un seul homme : les bourgeois ouvrirent leur bourse et les jeunes gens prirent les armes. La capitale ayant trouvé partout des imitateurs, une armée organisée en quelques jours et commandée par Louis XIII, chassa l'étranger de la Picardie, dont il avait déjà pris la plupart des places.

Le danger n'était guère moins grand en Bourgogne, où trente mille Autrichiens avaient pénétré sous la conduite du général Gallas. N'osant attaquer Dijon, ils menacèrent la petite ville de Saint-Jean-de-Losne, qui n'avait qu'une garnison de cent cinquante soldats. Entreprendre avec si peu de forces de résister à l'armée ennemie semblait être une folie ; les officiers le déclarèrent, et les soldats, craignant d'être tous mis à mort s'ils venaient à être forcés, parlèrent de se rendre. Mais les bourgeois résolurent de se défendre tant qu'ils le pourraient, et Claude Martonne, l'un d'eux, qui était riche, fit de grandes libéralités à la garnison pour l'engager à tenir ferme.

La ville refusa donc de se rendre. Elle fut vivement attaquée, et, trois jours après l'arrivée de l'ennemi, l'assaut fut donné. Une brèche praticable était ouverte ; mais la ville avait pour remparts le courage de ceux qui la défendaient. La résistance fut telle, qu'après trois heures d'efforts, les Autrichiens se retirèrent avec mille hommes hors de combat.

Ils offrirent alors à Saint-Jean-de-Losne une capitulation honorable ; mais les habitants, assemblés pour délibérer sur ce qu'il convenait de faire, prêtèrent serment de fidélité au roi, entre les mains des magistrats, et signèrent tous un acte par lequel ils s'engageaient à mourir l'épée à la main plutôt que de se rendre. Si, par malheur, ils venaient à être forcés, ajoutait cet écrit, ils juraient de mettre le feu aux poudres renfermées dans l'hôtel de ville pour empêcher l'ennemi de retirer aucun avantage de la prise de leur cité.

Le second assaut ne se fit pas attendre. Chacun, fidèle à son serment, se battit avec un courage héroïque ; les femmes et les enfants chargeaient les armes ou portaient sur les remparts des pierres, des bûches, tout ce dont on pouvait se servir pour jeter parmi les assaillants le désordre et la mort. Les braves défenseurs furent secondés par un débordement des eaux de la Saône, qui se répandirent dans les tranchées et obligèrent les ennemis de se rejeter sur un autre point. Ils y trouvèrent d'aussi vaillants hommes, et l'arrivée d'un renfort venu d'Auxonne au secours de Saint-Jean-de-Losne mit les Autrichiens en déroute. Ils regagnèrent la frontière, après avoir perdu plus de la moitié de leur armée, une partie de leur bagage et de leur artillerie.

On a reproché à Richelieu l'extrême sévérité **avec** laquelle il réprima les conspirations de la noblesse contre l'autorité royale; mais on ne peut oublier qu'il rétablit la paix à l'intérieur ni qu'il laissa la France agrandie de plusieurs provinces et respectée de toutes les puissances de l'Europe. Il faut dire aussi à sa louange qu'il fut le créateur d'une nouvelle marine, celle que François Ier avait rendue florissante étant tombée en ruines pendant que Catherine de Médicis gouvernait le royaume.

A la mort de la reine Elisabeth d'Angleterre, sa fidèle amie, Henri IV avait chargé Sully d'aller complimenter le nouveau roi. Pour s'acquitter de cette mission, Sully s'était embarqué à Calais.

Bientôt il rencontra un vaisseau de guerre anglais qui somma le commandant du vaisseau français de mettre bas son pavillon pour saluer celui de l'Angleterre, qui s'attribuait la souveraineté sur les mers.

Sully s'y refusa, en invoquant sa qualité d'ambassadeur. Trois coups de canon, dont les boulets percèrent la coque de son navire, « et en même temps le cœur des bons Français, » l'y contraignirent. Henri IV, instruit de cet affront, fut obligé de dissimuler sa colère, en se promettant d'en tirer vengeance dès qu'il aurait pu mettre en mer des forces assez considérables.

La mort l'empêcha d'exécuter ce projet ; mais Richelieu se chargea de raconter le fait à Louis XIII, et de lui demander assez de vaisseaux pour rétablir l'égalité du pavillon sur les mers.

Il fallait, en outre, des hommes assez énergiques pour résister aux prétentions des Anglais ; mais depuis le vaillant Portzmoguer, et même avant lui, nos marins avaient toujours montré une bravoure à toute épreuve, et Louis XIII allait avoir pour le servir l'habileté jointe au courage dans la personne de Duquesne.

Abraham Duquesne, né à Dieppe en 1610, avait fait ses premières armes sous les ordres de son père, au service de la Suède. Il avait vingt-six ans lorsque, les Espagnols s'étant emparés des îles Sainte-Marguerite et Saint-Honorat, sur les côtes de Provence, Richelieu réunit contre eux les navires de la Guienne, de la Bretagne et de la Normandie.

Le commandement du *Neptune*, appartenant à l'escadre normande, fut donné à Duquesne, qui, dès la première campagne, montra une admirable valeur et une précoce entente du métier.

L'année suivante, il fit mieux encore. Blessé d'un coup de mousquet au visage, il attendit à peine sa guérison pour s'emparer de trois galères espagnoles. Après un combat sanglant, l'amiral ayant ordonné la retraite devant des forces trop considérables, Duquesne ramena sans en perdre un seul les bâtiments qu'il était chargé de conduire. Celui qu'il montait avait été criblé de tant de boulets espagnols, que ses mâts tombèrent au moment où il entrait dans le port de Toulon.

Le jeune marin ne se distingua pas moins dans plusieurs combats contre la flotte espagnole, pendant que Richelieu faisait la conquête du Roussillon, dernier présent que ce grand ministre devait laisser à la couronne de France.

Louis XIII mourut la même année que le cardinal, qu'il n'avait jamais aimé. Cependant il l'avait toujours soutenu, parce que personne, disait-il, ne gouvernerait mieux la France.

On doit savoir gré au roi de ce dévouement à l'intérêt public, et à Richelieu du grand amour qu'il portait à son pays.

VIII.

Règne de Louis XIV. — Le grand Condé. — Turenne.
— Vauban.

Louis XIII laissait pour successeur un enfant de cinq
ans, et, d'après le conseil de Richelieu, il avait désigné
pour remplacer ce ministre le cardinal Mazarin, qui avait
été envoyé en France comme nonce du pape en 1632.

Mazarin appartenait à une ancienne famille sicilienne,
établie à Rome. La qualité d'étranger servit de prétexte
aux grands du royaume, jaloux de la faveur dont il jouissait auprès de la régente Anne d'Autriche.

Les troubles de la Fronde, commencés par des plaisan-
teries et des chansons, amenèrent une guerre civile,
dont les seigneurs continuèrent à rire, mais dont le

pauvre peuple eut cruellement à souffrir, tant à Paris que dans le reste de la France.

Le plus grand capitaine de son siècle, le prince de Condé, dont les victoires de Rocroi, de Fribourg, de Nordlingue et de Lens, avaient signalé l'avénement du jeune roi, s'était d'abord déclaré pour la cour. Mais la grandeur des services qu'il avait rendus lui inspira tant d'orgueil, qu'il ne ménagea plus ni le cardinal ni la reine.

Anne, irritée et redoutant d'ailleurs son ambition, le fit arrêter avec le prince de Conti, son frère, et le duc de Longueville, son beau-frère. D'abord enfermés à Vincennes, ils furent transférés au Havre, où Mazarin, forcé de sortir de France, alla leur annoncer qu'ils étaient libres.

Il espérait qu'en échange de cette bonne nouvelle, Condé le ferait rentrer à Paris ; mais, voyant qu'il n'avait rien à en attendre, il se rendit à Cologne, d'où il continua à gouverner Anne d'Autriche.

Les princes gardèrent rancune à la régente, qui, pour désarmer Condé, lui donna le gouvernement de la Guienne. Il partit en toute hâte pour en prendre possession, et il commit l'énorme faute, disons mieux, le crime de s'unir aux Espagnols, dont il avait triomphé tant de fois.

Pendant la captivité des princes, la plupart des seigneurs avaient embrassé leur parti contre Mazarin. De ce nombre avait été le maréchal de Turenne ; mais, après la délivrance des illustres prisonniers, il crut n'avoir plus de raisons pour rester l'ennemi de la régente.

Turenne jouissait d'une haute réputation d'habileté militaire ; ce fut à lui et au maréchal d'Hocquincourt que Mazarin confia le commandement des troupes qui restaient encore à la reine et d'un corps de sept à huit mille hommes qu'il ramenait en France.

Condé, apprenant que Turenne se dirigeait vers la Loire, quitta la Guienne et accourut à franc étrier pour prendre lui-même le commandement de l'armée qui allait avoir à lutter contre ce grand capitaine. A peine arrivé, il attaqua et dispersa le corps du maréchal d'Hocquincourt à Bléneau.

La cour voulait se réfugier à Bourges. Turenne la rassura ; puis il employa si bien son temps et ses ressources, qu'avec quatre mille hommes seulement, il empêcha les douze mille que commandait le prince de Condé de poursuivre leurs avantages.

— Monsieur le maréchal, lui dit la reine, vous avez sauvé l'Etat. Sans vous, toutes les villes auraient fermé leurs portes au roi.

Condé prit la route de Paris, suivi de près par Turenne. Paris ne les reçut ni l'un ni l'autre ; et quand les deux armées furent sur le point d'en venir aux mains, il refusa le passage à celle de Condé. Le choc eut lieu au faubourg Saint-Antoine, et les deux capitaines firent de si grandes choses avec si peu de troupes, que leur renommée s'en accrut encore.

A moins d'être un démon, dirent les ennemis de Condé, il n'eût pu faire ce qu'il fit dans cette bataille. Cependant il était perdu, si Mademoiselle, fille du duc d'Orléans, n'eût, vers le soir, fait tirer le canon de la Bastille sur les troupes royales.

Condé entra à Paris ; mais bientôt les désordres qui s'y produisirent et dont on l'accusa le rendirent odieux. Ce que voyant, il se retira en Flandre, au milieu des Espagnols. Les Parisiens prièrent le roi de revenir dans sa capitale, et Louis XIV y ramena une si profonde paix, que les troubles récents furent oubliés.

La guerre avec l'Espagne continuait encore ; Turenne luttait contre Condé, que la fortune semblait abandonner, depuis que lui-même avait abandonné la cause de son pays.

Turenne, chargé de le combattre, n'avait pas assez de troupes pour terminer la guerre par quelque coup d'éclat ; mais, pendant plusieurs années, il tira le plus habile parti de celles dont il disposait. Mazarin s'étant ensuite allié aux Anglais contre les Espagnols, Turenne prit le commandement des armées réunies et s'empara de Dunkerque, après s'être couvert de gloire à la journée des Dunes.

Aussi modeste que brave, il écrivit à sa femme : « Les ennemis sont venus à nous ; ils ont été battus. Loué soit Dieu ! J'ai un peu fatigué toute la journée. Je vous donne le bonsoir et je vais me coucher. »

En vertu des conventions faites, les Anglais gardèrent Dunkerque ; mais la prise des villes d'Ypres, d'Oudenarde et d'une grande partie de la Flandre, décida enfin les Espagnols à demander la paix.

La conclusion en fut retardée. Le roi d'Espagne exigeait que Condé rentrât en grâce à la cour ; Mazarin s'y refusait ; mais il céda, dans la crainte de voir constituer à ce rebelle une principauté en Flandre. Une autre clause du traité des Pyrénées fut le mariage de Louis XIV avec l'infante Marie-Thérèse, fille du roi d'Espagne (1659).

Mazarin ne survécut guère à la signature de ce traité, dont il était justement fier, et qui nous assurait la possession de l'Artois, de la Cerdagne et du Roussillon. La Lorraine devait être rendue à son duc, Charles IV ; elle nous resta, ce prince ayant refusé d'en démanteler les places fortes, comme le traité l'y obligeait.

Une autre condition, qui devait bientôt rallumer la guerre entre la France et l'Espagne, était la renonciation de Marie-Thérèse à la succession de ce dernier royaume·

Philippe IV étant mort en 1665, Louis XIV réclama pour sa femme l'héritage des Pays-Bas, qui, disait-il, devaient appartenir à Marie-Thérèse, en vertu du droit de dévolution établi dans ces provinces.

La France était alors puissante, et l'Espagne très-affaiblie. Louis XIV entra en Flandre avec Turenne et cinquante mille hommes. En trois mois, la Flandre fut conquise, et l'on proposa aux Espagnols un armistice qu'ils refusèrent, en disant que l'hiver allait mettre un terme aux hostilités.

Ils se trompaient. En plein mois de janvier (1668), Condé tomba sur la Franche-Comté, où l'on était loin de l'attendre. Il la soumit en trois semaines, sans toutefois y rencontrer assez de résistance pour y acquérir beaucoup de gloire.

Des succès si rapides inquiétèrent les puissances voisines. La Hollande, l'Angleterre et la Suède offrirent leur médiation aux deux rois ennemis, et le traité d'Aix-la-Chapelle fut conclu.

Louis XIV garda rancune à la Hollande, qui avait provoqué cette triple alliance, et, après avoir détaché de la ligue la Suède et l'Angleterre, il déclara la guerre à ce pays.

Les Hollandais, riches par leur commerce, leurs colonies, leur marine, n'avaient à opposer aux forces imposantes de la France que vingt-cinq mille hommes, mal équipés et mal disciplinés.

Louis XIV, à la tête d'une magnifique armée, que Condé, Turenne et Vauban commandaient sous lui, passa le Rhin sans beaucoup de difficulté, ce qui n'empêcha pas les flatteurs et les poëtes de célébrer ce passage comme un prodige. Plusieurs provinces se soumirent, et c'en était fait de la Hollande, sans le patriotisme des habitants d'Amsterdam. Ils rompirent les digues qui défendaient la ville contre la mer ; leur exemple fut suivi, et les vaisseaux hollandais vinrent servir de rempart au territoire inondé.

Guillaume de Nassau, prince d'Orange, appelé au secours de son pays, fut investi de la dictature, et les hostilités continuèrent avec un caractère de cruauté qui irrita profondément les Hollandais.

Turenne, ayant appris que l'électeur de Brandebourg s'avançait pour se joindre à Guillaume, courut au-devant de lui, repassa le Rhin, pénétra presque jusqu'à l'Elbe, fit reculer l'électeur sans le combattre, et le força de demander la paix.

Guillaume, profitant de l'absence de ce grand général, alla assiéger Charleroi. M. de Montal, gouverneur de cette ville, en était sorti. Il réunit quelques hommes de bonne volonté, traversa les lignes ennemies et délivra la place.

L'Espagne, l'Autriche, la Lorraine, se déclarèrent alors contre la France. Louis XIV leur tint tête et prit Maëstricht, grâce à Vauban, qui en dirigea les travaux d'attaque.

Le maréchal de Luxembourg continuait à guerroyer en Hollande, et Turenne arrêtait les Impériaux, pendant que notre marine apprenait à combattre, en bataille rangée, contre Ruyter, le plus grand homme de mer de la Hollande.

La Franche-Comté avait été rendue aux Espagnols. Louis XIV la reprit, avec l'aide de Vauban. Besançon ne résista que neuf jours, malgré l'eau dont le débordement du Doubs remplit les tranchées. Les soldats en avaient jusqu'aux genoux, et le froid était tel, qu'ils pouvaient à peine tenir leurs armes. La soumission de la province suivit de près celle de cette capitale, et depuis ce temps la Franche-Comté nous est restée.

Deux armées ennemies menaçaient alors la France : l'une du côté de la Flandre, l'autre vers la Lorraine. Condé, chargé d'arrêter celle du nord, déploya contre elle toute l'audace qui faisait le fond de son caractère. Il força à la retraite quatre-vingt-dix mille hommes qui se dirigeaient vers la Champagne, les poursuivit, tomba sur leur arrière-garde à Senef, l'attaqua, après avoir été seul reconnaître ses positions, se battit en héros et eut trois chevaux tués sous lui.

De son côté, Turenne avait passé le Rhin avec vingt mille hommes, livré plusieurs combats et fait preuve d'une merveilleuse habileté dans ses manœuvres. Toutefois, il n'avait pu empêcher soixante-dix mille Allemands de pénétrer en Alsace par Strasbourg, qui cependant avait promis de rester neutre. Turenne eut alors une inspiration digne de son génie. Après avoir harcelé pendant quelque temps les ennemis, il entra en Lorraine, comme pour y prendre ses quartiers d'hiver.

Les Allemands, heureux d'être débarrassés de sa présence, prirent leurs aises, et, pour vivre plus grassement, se dispersèrent dans toute la province.

Au mois de décembre, par le froid et la neige, Turenne mit son armée en marche. Pendant vingt jours, par le temps le plus rude et les chemins les plus difficiles, il longea les montagnes des Vosges, tourna l'extrémité de cette chaîne et tomba à l'improviste sur les Impériaux. Il les battit à Mulhouse, à Colmar, à Turkeim, et rejeta de l'autre côté du Rhin leur armée, à laquelle manquaient quarante mille hommes.

C'était un magnifique succès. Louis XIV pressa Turenne de venir recevoir à la cour les éloges qu'il méritait ; mais les témoignages de reconnaissance que ce grand capitaine recueillit pendant toute sa route, les larmes de joie du peuple, qu'il avait sauvé de l'invasion, furent pour lui la plus douce des récompenses.

Disons que Turenne seul pouvait surmonter les difficultés d'une telle campagne, parce que ses soldats l'adoraient. Attentif à leurs besoins, ménageant leurs forces, avare de leur sang, il prenait part à leurs travaux, et les traitait en toute occasion comme ses enfants. Sa générosité n'avait pas de bornes, et lorsqu'il avait vidé sa bourse, il recourait à celle de ses officiers, en leur disant de se faire payer par son intendant.

Celui-ci, soupçonnant qu'on lui réclamait parfois plus qu'on n'avait prêté à son maître, osa prier Turenne de donner quelques mots de sa main à ceux auxquels il empruntait.

— Non, non, répondit le maréchal. Donnez ce qu'on vous demandera. Si un de mes officiers vous réclame plus que je ne lui dois, c'est qu'il se trouve dans un extrême besoin ; donc c'est justice de lui venir en aide.

Un jour que Turenne se promenait dans son camp, il s'arrêta près d'une tente sous laquelle on parlait de lui. Plusieurs jeunes soldats se plaignaient d'une pénible marche qu'ils venaient de faire et dont ils ne voyaient pas l'utilité.

— Si vous connaissiez notre bon père, leur dit un vieux grenadier, vous sauriez que s'il nous a imposé tant de fatigues, ce n'est pas pour rien. Il a quelque dessein, vous le verrez bientôt.

Les murmures cessèrent ; on but à la santé du père de l'armée, et Turenne se retira le cœur plein d'une des plus douces satisfactions qu'il eût encore ressenties.

Au printemps de l'année suivante (1675), Turenne entra de nouveau dans le Palatinat, où il allait avoir à combattre Montécuculli, le plus habile général qu'eussent alors les Impériaux.

Ces deux grands hommes de guerre s'observèrent pendant six semaines, sans que l'un d'eux fournît à l'autre une bonne occasion de combattre. Enfin, ils allaient en venir aux mains, près du village de Salzbach, et Turenne avait si bien pris ses dispositions, qu'il comptait sur la victoire, quand un boulet perdu lui fracassa le bras et les reins, en lui emportant une partie du cœur.

Du même coup, M. de Saint-Hilaire, qui l'avait amené là pour voir une batterie, eut un bras enlevé. Son fils jetait des cris de douleur.

— Ce n'est pas moi, lui dit le blessé, c'est ce grand homme qu'il faut pleurer.

La désolation causée par la mort de Turenne fut grande par toute la France et jeta le découragement dans l'armée. Elle s'enfuit plutôt qu'elle ne se retira vers l'Alsace, où les Impériaux entrèrent derrière elle. Il fallut qu'on y envoyât le prince de Condé, pour faire lever le siége de Saverne, celui de Haguenau, et rejeter Montécuculli au delà du Rhin

Ce fut la dernière action d'éclat du grand Condé. Tourmenté de la goutte, dont il se plaignait déjà lorsqu'il avait été enfermé à Vincennes, il se retira à Chantilly, où il mourut en 1686.

« Si je n'étais Condé, je voudrais être Turenne, » disait ce prince.

La postérité a jugé Turenne supérieur à Condé, parce

que Turenne fit beaucoup avec de médiocres ressources ;
qu'il sut, à force d'habileté, se tirer des plus grands
périls, et, sans livrer de grandes batailles, sauver plusieurs fois la France de l'invasion.

Aux deux noms si célèbres de Turenne et de Condé,
nous pouvons joindre celui de Vauban, qui fut, sans
contredit, un des plus grands hommes du règne de
Louis XIV.

Né en 1633, près de Saulieu, en Bourgogne, Sébastien
Leprestre de Vauban était encore enfant lorsque son père
mourut à l'armée. Recueilli dans un couvent, il y montra
beaucoup de dispositions pour les sciences, et en parti-
culier pour la géométrie.

Il n'avait que dix-sept ans lorsqu'il en sortit pour
prendre du service dans l'armée de Condé, dont la gloire
l'avait séduit, et qui comptait parmi ses officiers plusieurs
membres de la famille de Vauban.

Au siége de Sainte-Menehould, en 1652, le jeune
homme étonna les anciens capitaines par ses idées nouvelles sur la manière de fortifier les villes, et l'on prévit
dès lors qu'il deviendrait un habile ingénieur. Fait prisonnier dans une escarmouche, il fut conduit au cardinal
Mazarin, qui, devinant son mérite, essaya de le ramener
au parti du roi. Ce ne fut pas une tâche difficile : Vauban
avait l'esprit trop droit, l'âme trop loyale pour ne pas
reconnaître qu'il s'était laissé entraîner dans une fausse
voie, et pour ne pas s'efforcer de faire oublier cette erreur
par les services les plus dévoués.

Il assista pour la seconde fois au siége de Sainte-
Menehould, que l'armée royale reprit sur les Espagnols,
et il s'y fit tellement remarquer, qu'en 1654 il fut
chargé d'une partie des travaux du siége de Stenay. Sa
réputation s'accrut les années suivantes, à Landrecies,

à Valenciennes, à Montmédy. En 1658, il conduisit en chef les siéges de Gravelines, d'Ypres et d'Oudenarde. Le cardinal Mazarin lui témoigna sa satisfaction, à la fin de cette campagne, en lui accordant une gratification considérable, ce qui n'était pas dans les habitudes de ce parcimonieux ministre, et en lui donnant des éloges auxquels le jeune ingénieur se montra fort sensible.

La paix des Pyrénées étant signée, Vauban fut employé à démolir des places et à en fortifier d'autres. Il étudia sérieusement le système de défense usité jusquelà, consulta les traités des auteurs anciens et commença d'exécuter les plans qu'il avait depuis longtemps formés. Quand la guerre se ralluma, il suivit le roi en Flandre, et il eut la direction des siéges que Louis XIV faisait en personne. Blessé à Douai, mais ne voulant pas se retirer du service, il fut chargé de fortifier les places que nos armées venaient de conquérir avec une prodigieuse rapidité. Il bâtit la citadelle de Lille, et le roi, pour le récompenser, lui en donna le commandement.

Le traité d'Aix-la-Chapelle ne suspendit point ses travaux ; il accompagna Louvois en Piémont et donna au duc de Savoie, alors notre allié, le plan des fortifications de Verne, de Verceil et de Turin. Il en fit des places trèsimportantes, et plus tard il eut à le regretter.

La guerre que Louis XIV fit à la Hollande, en 1672, fit briller d'un nouvel éclat le génie de Vauban. Plein d'humanité, il déplorait amèrement les pertes cruelles par lesquelles on achetait la prise des villes, et il rêvait depuis longtemps au moyen de diminuer l'effusion du sang. Il commença d'essayer ce moyen au siége de Maëstricht, en 1673, en établissant des parallèles et des places d'armes. Il inventa ensuite divers perfectionnements, les batteries en ricochet, les cavaliers de tranchée, etc.

Au siége de Valenciennes, en 1677, Vauban conseilla de donner l'assaut en plein jour, ce qui ne s'était jamais fait. Son avis prévalut sur celui des généraux, et l'on s'en trouva bien ; car souvent, au milieu de la nuit, une partie des assiégeants tirait sur l'autre, et toujours les poltrons profitaient de l'obscurité pour se tenir à l'écart.

Après la prise de Valenciennes, Louis XIV assiégea Cambrai. Vauban voulait qu'on ne se pressât pas trop de donner l'assaut ; cette fois, il ne fut pas écouté. Le succès parut d'abord favoriser ceux qui avaient conseillé le roi à ne pas attendre davantage ; mais les ennemis, s'étant ralliés, reprirent la place, après avoir tué aux Français plus de quatre cents hommes. Deux jours après, Vauban l'attaqua selon les règles, s'en rendit maître et n'eut que trois soldats tués. Louis le félicita et lui promit de le laisser désormais agir à sa volonté.

La paix s'étant rétablie par le traité de Nimègue, Vauban construisit le port de Dunkerque, fortifia Strasbourg en Alsace et Casal en Piémont ; mais la paix ne devait être, sous ce règne, qu'un instant de repos **entre de** terribles guerres.

En 1684, Vauban prit Luxembourg, qu'on disait imprenable. Pendant les années suivantes il dirigea les siéges de Philipsbourg, Manheim, Franckendahl, Mons, Namur, Charleroi ; il amena la reddition de ces places et de plusieurs autres moins importantes.

Le roi n'avait pas de sujet plus fidèle, de serviteur plus habile, ni plus dévoué. Pour récompenser tant de mérite, il éleva Vauban à la dignité de maréchal de France en 1703. La même année, le savant ingénieur prit le Vieux-Brisach, sans y perdre plus de trois cents hommes, quoique cette place fût très-forte et très-bien défendue.

Vauban avait reçu avec reconnaissance le bâton de maréchal ; mais il ne s'était point réjoui de cette haute distinction, qui, selon sa prévision, allait le condamner au repos. Passionné pour la gloire de la France, il croyait ne pouvoir jamais y travailler assez. Quelque chose encore le préoccupait plus que la gloire, c'était le bonheur des peuples, la prospérité de l'agriculture et du commerce. Dans tous ses voyages, il étudiait les besoins des pays qu'il traversait, et à l'occasion il en rendait compte au roi, qui toujours l'écoutait avec bienveillance.

Mais il vint un moment où Louis XIV eut à s'occuper de maintenir l'intégrité de son royaume plus qu'à augmenter la richesse des populations. La guerre avait épuisé les finances et appauvri les campagnes. Vauban voyait avec effroi des généraux présomptueux à la tête des armées. Le duc de la Feuillade ayant été chargé du siége de Turin, le maréchal, qui, comme nous l'avons dit, avait fortifié cette place, offrit au roi de servir comme volontaire sous les ordres de la Feuillade, afin de pouvoir donner son avis sur les travaux du siége.

Le duc de la Feuillade, plein de bravoure et d'audace, accueillit assez mal cette proposition, qui devait, pensait-il, lui enlever, au profit de Vauban, la gloire de prendre Turin. Il déclara qu'il se rendrait maître de la place avec moins de forces et de ressources que n'en demandait l'illustre ingénieur, et l'expédition lui fut confiée. Mais au bout de quelques mois, le siége n'avançant point, Louis XIV consulta Vauban, qui offrit encore d'aller prendre la direction des travaux.

— Y songez-vous, monsieur le maréchal ? dit le roi. Cet emploi est bien au-dessous de votre dignité.

— Sire, répondit Vauban, ma dignité est de servir

l'Etat. Je laisserai mon bâton de maréchal à la porte du camp, et je serai peut-être assez heureux pour aider le duc de la Feuillade à prendre la ville.

Louis XIV admira ce dévouement sans en profiter. Il craignit de mécontenter la Feuillade, et celui-ci paya sa présomption par l'échec le plus humiliant. En 1706, Vauban fut envoyé en Flandre pour rassurer les esprits découragés par plusieurs défaites. Il y réussit ; mais, l'année suivante, une fluxion de poitrine enleva ce grand homme à la France, qui jamais n'avait eu plus besoin de serviteurs habiles et dévoués.

La carrière de Vauban avait été remplie par d'immenses travaux. Il avait conduit cinquante-trois siéges, avait construit trente-trois nouvelles places fortes et en avait réparé trois cents anciennes. Il avait, en outre, publié trois ouvrages sur les fortifications et composé, sous le titre *Mes Oisivetés*, douze gros volumes, encore manuscrits au moment de sa mort.

Le désintéressement de Vauban égalait son activité ; il méprisait les courtisans et s'inquiétait bien plus de servir le roi que de lui plaire. Sa fidélité était inviolable, son zèle pour le bien de sa patrie ne connaissait pas de bornes, et la bonté de son cœur, son affabilité, sa libéralité, en faisaient un homme aussi digne de l'affection de ses contemporains que de l'admiration de la postérité.

Tout en servant son pays avec une infatigable ardeur, ce qui déjà serait pour Vauban un beau titre de gloire, il ménagea la vie d'une multitude d'hommes.

« Du temps passé, c'était une boucherie que les tranchées ; c'est ainsi qu'on en parlait, écrivait d'Aligny après la prise de Maëstricht. Maintenant M. de Vauban les fait d'une manière qu'on y est en sûreté comme dans sa maison. »

La calomnie n'épargna pas cet homme de bien. Le ministre Louvois ayant reçu des plaintes sur l'administration militaire de Lille, dont il était gouverneur, il demanda instamment que cette affaire fût éclaircie.

« Examinez hardiment et sévèrement, écrivit-il à Louvois, sur le fait d'une probité très-exacte et d'une fidélité sincère, je ne crains ni le roi, ni vous, ni tout le genre humain. La fortune m'a fait naître le plus pauvre gentilhomme de France ; mais elle m'a donné un cœur si exempt de toute bassesse, qu'il n'en peut souffrir l'idée qu'avec horreur. »

IX.

Duquesne. — Tourville. — Jean Bart. — Duguay-Trouin.
— Cassard.

Après la mort de Turenne et la retraite de Condé, la guerre continua en Flandre et en Allemagne, sans beaucoup de succès ; mais la France dut alors à sa marine plus de gloire qu'elle n'en eût osé rêver.

Duquesne, dont nous avons déjà parlé, s'était distingué dans tous les combats auxquels il avait pris part, lorsque les habitants de Messine, révoltés contre le despotisme de l'Espagne, réclamèrent l'appui de Louis XIV.

Le duc de Vivonne, chargé du commandement de la flotte envoyée au secours de Messine, confia son avant-garde à Duquesne. Le brave marin, déjà vieux, souhaitait une belle bataille, mais les Espagnols l'évitèrent. Les Français entrèrent dans la place ; la disette s'y faisant sentir, Vivonne envoya Duquesne en France avec ordre d'en ramener des vivres et des munitions.

Duquesne était à Toulon lorsqu'on apprit qu'à la prière des Espagnols, l'amiral Ruyter venait d'entrer dans la Méditerranée.

La situation était grave. Le grand ministre Colbert, plein d'estime pour Duquesne, le consulta sur ce qu'il y avait à faire pour empêcher la réunion des deux flottes ennemies, et pour ne se laisser couper le passage ni par l'une ni par l'autre.

Duquesne envoya un plan si sagement conçu, que non-seulement le roi l'approuva, mais qu'il lui en confia l'exécution.

Ruyter et Duquesne étaient les deux plus grands hommes de mer de leur temps. Ils se connaissaient et s'estimaient à leur valeur. Ruyter avait dit aux états de Hollande que la flotte française, qu'il rencontrerait sans doute, était commandée par un homme qui valait à lui seul dix vaisseaux.

Cette rencontre eut lieu à l'entrée du détroit de Messine au mois de janvier 1675. Ruyter y était arrivé le premier et en défendait le passage à Duquesne. Celui-ci attendit que le vent lui devînt favorable et donna le signal du combat.

Les vaisseaux s'avancèrent avec tant d'ensemble, que l'amiral hollandais déclara n'en avoir jamais vu marcher en si bel ordre. Cependant une manœuvre mal exécutée et l'ardeur inconsidérée d'un capitaine obligèrent Duquesne à faire taire ses canons, jusqu'à ce que, par une manœuvre habile, ces deux fautes fussent réparées.

Pendant ce temps, le commandeur de Valbelle, un brave marin qui, à l'âge de quinze ans, avait pris à l'abordage un navire ennemi, et qui, l'année suivante, avait fièrement refusé le salut au pavillon anglais ; Valbelle, disons-nous, s'était attaqué à la *Concorde*, montée par Ruyter. Il lutta vaillamment ; mais il eût fini par succomber, si Duquesne, le voyant en péril, ne se fût avancé pour le dégager.

Un magnifique combat s'engagea alors entre ces deux adversaires si dignes l'un de l'autre. Il dura trois heures, après lesquelles Duquesne eut la joie de voir plier la *Concorde*.

Désirant que sa victoire fût complète, il envoya successivement trois brûlots contre ce noble vaisseau. Les deux premiers furent obligés de se brûler eux-mêmes pour ne pas tomber au pouvoir des Hollandais, et le troisième fut coulé à fond.

La nuit allait donner à Duquesne une victoire décisive, quand neuf galères espagnoles arrivèrent au secours de Ruyter. Le chevalier de Tourville les reçut si bien, qu'elles renoncèrent à combattre.

Duquesne entra le lendemain à Messine ; mais il reprit bientôt la mer, pour aller au-devant d'un convoi de vivres impatiemment attendu.

L'escadre espagnole avait rejoint la flotte hollandaise, et Ruyter, qui avait pris le commandement de l'avant-garde, se trouvait entre Agosta et Messine, quand Duquesne s'avança contre lui.

Le combat s'engagea avec une telle furie, qu'il semblait, dit une relation hollandaise, que la mer de Sicile fût changée en un volcan flamboyant ; car tout était en feu, et l'Etna disparaissait derrière les nuages ardents qui sortaient de chaque vaisseau.

Ruyter, qui avait cinq vaisseaux hors de combat, attaqua le *Saint-Esprit*, monté par Duquesne, afin de laisser aux Espagnols, placés trop loin, le temps de venir à son aide.

Une lutte terrible commença entre les deux amiraux. Ni l'un ni l'autre ne songeaient à la suspendre, quand un boulet emporta le pied gauche de Ruyter et lui fracassa la jambe droite. Il tomba de la dunette d'où il dirigeait le combat; mais il s'efforça de rassurer son monde, et, après un pansement fait à la hâte, il continua de donner des ordres, comme si sa blessure eût été légère.

Duquesne ignorait cette catastrophe, et son ardeur ne se ralentissait point. La *Concorde*, ne pouvant plus lui résister, vira de bord, à la faveur du crépuscule, et, suivie du reste de la flotte, se dirigea vers Syracuse.

Un coup de vent empêcha Duquesne de les rejoindre le lendemain, et trois jours seulement après sa victoire, il apprit que Ruyter avait été très-dangereusement blessé.

Le duc de Vivonne, jaloux de la gloire du vieux marin, prit le commandement en chef des vaisseaux français et alla livrer bataille aux ennemis près de Palerme, où douze navires, tant hollandais qu'espagnols, devinrent la proie des flammes. Duquesne et Tourville s'étaient battus comme des lions et pouvaient réclamer une bonne part du succès.

Les grandes victoires remportées par nos flottes; les habiles manœuvres du maréchal de Créqui, pour défendre l'Alsace et la Lorraine; la bataille de Cassel, gagnée par Luxembourg, dont l'audace rappelait celle du grand Condé; la prise de Valenciennes, devant laquelle les Français avaient plusieurs fois échoué; puis celle de Gand, disposèrent les Hollandais à la paix. Louis XIV la leur proposa; car il voyait l'Angleterre se tourner contre lui, malgré les efforts de son roi.

Cette paix, signée à Nimègue en 1678, assura à la France la possession de la Franche-Comté, de Valenciennes, de Cambrai et de dix autres places, que Vauban se chargea de fortifier, pour couvrir notre frontière du nord.

Alger était, depuis longtemps, un nid d'audacieux pirates, qui infestaient les mers, attaquaient les navires de toutes les nations, les pillaient et emmenaient comme esclaves les équipages et les passagers. Tripoli et Tunis rivalisaient avec Alger.

De vaillants capitaines avaient donné la chasse à ces forbans, et, récemment encore, Duquesne avait détruit dans le port de Scio plusieurs bâtiments tripolitains.

Louis XIV, profitant de la paix, chargea Duquesne de punir les Algériens. L'illustre marin dirigea contre eux deux expéditions, dont la gloire cependant ne lui appartient pas tout entière. Un jeune homme de vingt-huit ans, Bernard Renau, plus connu sous le nom de Petit-Renau, proposa, dans le conseil, de bombarder Alger. Chacun se récria, les batteries de bombardement n'ayant encore été dressées qu'à terre. Duquesne seul ne se moqua point de l'offre que fit Petit-Renau de construire des bateaux plats, très-forts, qui porteraient des mortiers et s'approcheraient facilement des côtes.

Un bâtiment d'essai fonctionna devant Duquesne, qui en fut satisfait. On en construisit quatre autres, et Petit-Renau, à la tête de cette flottille, alla retrouver nos vaisseaux devant Alger.

Les premières bombes crevèrent en sortant du mortier, et, sur la galiote que montait Petit-Renau, une cartouche remplie de poudre, de balles et d'autres matières inflammables, éclata au moment où l'on allait s'en servir, retomba dans la galiote et mit le feu à la voilure.

L'équipage, croyant voir s'enflammer les deux cents bombes que portait le bâtiment, se jeta à la mer; mais Petit-Renau ne voulut point l'abandonner. Son courage ranima celui de plusieurs de ses compagnons, qui revinrent pour le secourir. Ils le trouvèrent occupé avec le jeune de Combes, son ami, à couvrir de cuir vert les bombes menacées par l'incendie.

Cet accident ayant causé beaucoup de confusion, le conseil déclara qu'il n'y avait rien à attendre des galiotes; mais Duquesne dit qu'avant de se prononcer, on tenterait une nouvelle épreuve.

Sept jours après, on recommençait le bombardement, et il fut si terrible, que le dey demanda la paix. Ses sujets l'ayant contraint à résister encore, les mauvais temps obligèrent Duquesne à se retirer.

Il revint l'année suivante, avec deux galiotes de plus. Il jeta dans la ville plus de trois mille six cents bombes et autres projectiles, qui y causèrent des ravages affreux. La paix n'était pas encore conclue quand l'approche des tempêtes l'obligea de rentrer à Toulon; mais, quelque temps après, cette paix fut signée pour cent ans aux conditions qu'il plut à Louis XIV d'imposer.

Ce fut une des dernières campagnes de Duquesne. Pendant soixante ans il avait combattu les ennemis de la France et il lui avait appris, en triomphant de Ruyter, qu'elle pouvait les vaincre, si redoutables qu'ils fussent.

Aucun marin ne fut plus brave, plus sage, plus instruit de tout ce qui concernait sa profession, ni plus sincèrement aimé, malgré sa rudesse apparente. Il eut en outre la gloire d'être, avec deux grands ministres, Richelieu et Colbert, le fondateur de la marine française.

Enfin, ce qui donne encore plus d'éclat à son mérite, c'est qu'il ne pouvait attendre du roi une récompense proportionnée à ses hauts faits; car il était protestant, et Louis XIV n'aimait point ceux de cette religion.

Plus tard, il les bannit de ses Etats, en révoquant l'édit

de Nantes, donné par Henri IV, et seul d'entre eux
Duquesne eut le privilége de ne point être obligé de
quitter cette France qu'il avait si noblement servie.

Sous les ordres de Duquesne, s'étaient formés d'excel-
lénts marins. Le plus célèbre fut Tourville, dont la valeur
n'eut toutefois pas besoin d'être stimulée par l'exemple.

A dix-huit ans, le chevalier de Tourville était un
charmant jeune homme, dont une mise élégante et riche
à la fois rehaussait encore la bonne grâce et la beauté
presque enfantine.

Les vieux loups de mer qui virent arriver ce gentil da-
moiseau sur la corvette *la Vigilante*, armée pour donner
la chasse aux pirates, ne purent s'empêcher de rire dans
leur barbe, et le capitaine lui-même écrivit au duc de
la Rochefoucaud, qui lui avait recommandé Tourville :

« Que voulez-vous que je fasse, sur un navire armé en
course, de ce bel Adonis, plus propre à servir les dames
de la cour qu'à braver les fatigues de la mer ? »

Capitaine et matelots ne tardèrent point à changer
d'avis. Dans le premier combat auquel il assista, le bel
Adonis abattit, à lui seul, presque autant d'ennemis que
le reste de l'équipage ; et dès la seconde rencontre, l'a-
venir le plus brillant fut prédit à l'intrépide jeune homme,
qui, ne s'apercevant pas de ses nombreuses blessures, ne
cessa de frapper qu'après la victoire.

Il se distingua ainsi pendant sept ans, après lesquels,
entré dans la marine royale, il ne tarda pas à se faire
regarder par Duquesne comme un des plus braves officiers
de la flotte.

Il contribua aux succès des galiotes devant Alger, en
se tenant toujours à portée de les soutenir ; et quand
le roi l'eut chargé de traiter de la paix avec le dey, il se
montra aussi bon négociateur qu'habile marin.

Après la retraite de Duquesne, Tourville mit à la raison Tunis et Tripoli ; puis il combattit de nouveau contre les Algériens, dont la parole, engagée pour cent ans, venait déjà d'être violée.

Jusque-là, Tourville n'avait pas commandé en chef ; mais une nouvelle guerre, dans laquelle la France allait avoir presque toute l'Europe sur les bras, donna à l'habile marin l'occasion de déployer ses rares talents.

Après le traité de Nimègne, rien ne manquait à la gloire et à la puissance de Louis XIV. Il en fut enivré, et pendant qu'il ruinait ses peuples par des dépenses utiles ou superflues, il irritait par son orgueil les autres souverains. Une ligue fut signée contre lui à Augsbourg par ses anciens ennemis, auxquels se joignit l'Angleterre.

Après une savante campagne, qui causa au commerce anglais des pertes énormes, Tourville gagna la bataille de Bézeviers, sur les forces réunies de la Hollande et de l'Angleterre, et détruisit la plupart des vaisseaux hollandais, qui, après le combat, s'étaient jetés sur la côte de Sussex.

Les Anglais s'attendaient à voir Tourville entrer dans la Tamise, et l'on assure que pour cela, il ne lui manqua qu'un pilote capable de l'y conduire.

L'année suivante eut lieu la bataille de la Hougue, dans laquelle il se couvrit de gloire en luttant pendant quatorze heures, avec quarante-quatre vaisseaux seulement, contre quatre-vingt-dix-neuf. Cette belle journée eut un sinistre lendemain, faute d'un port où Tourville pût se réfugier avec sa flotte, qui avait cruellement souffert.

Les ennemis l'atteignirent à la côte et brûlèrent quinze de ses vaisseaux, sans qu'il lui fût possible de les défendre ni même de les désarmer tous.

A la nouvelle de ce désastre, Louis XIV s'empressa de

demander ce qu'était devenu l'amiral ; et en apprenant
qu'il vivait encore, il dit :

— On peut retrouver des vaisseaux ; mais un homme
comme M. de Tourville ne saurait être remplacé.

L'amiral n'avait fait qu'obéir à l'ordre exprès du roi,
en risquant ses vaisseaux contre des forces si supérieures ;
aussi personne ne songea-t-il à le lui reprocher.

Tourville ne tarda pas d'ailleurs à prendre sa revanche,
en détruisant, sur les côtes du Portugal, une flotte mar-
chande de quatre cents voiles, qui se rendait à Smyrne,
sous l'escorte de vingt-trois vaisseaux de guerre.

Le combat dura cinq heures, après lesquelles les bâtiments dispersés devinrent la proie des corsaires, qui les
poursuivirent avec toute l'ardeur de la vengeance.

Jean Bart, déjà connu par des exploits presque fabu-
leux, rencontra six de ces riches navires, parfaitement
armés, les attaqua et y mit le feu, après les avoir forcés
de s'échouer sur la côte de l'île Faro.

De là, il revint à Dunkerque, sa ville natale, pour y
prendre six frégates, avec lesquelles il devait aller au-
devant d'un convoi de blé, acheté par l'Etat. Les Anglais
et les Hollandais lui disputèrent en vain le passage ; il ne
perdit pas un de ses bâtiments, et le grain arriva heureusement.

En 1694, pour remplir la même mission, il sortit du
port de Dunkerque, étroitement bloqué par les Anglais.
Il se félicitait encore de leur avoir fait prendre sa flottille
pour des bateaux de pêche, quand il aperçut, escorté par
huit vaisseaux hollandais, le convoi qu'il devait ramener.

La circonstance était grave, Jean Bart réunit ses
officiers.

— On meurt de faim en France, leur dit-il. Laisserons-
nous à l'ennemi le blé attendu avec tant d'impatience ? Je

me charge du contre-amiral ; que chacun de **vous fasse** comme moi, et la victoire nous restera.

Tous répondirent qu'ils étaient prêts à mourir pour sauver leur pays de la famine.

Au bout d'une demi-heure, Jean Bart était maître du contre-amiral. Vaillamment secouru par les braves gens que son exemple avait électrisés, il prit encore deux vaisseaux, dispersa les cinq autres, et ramena le convoi à Dunkerque.

« La France entière se réjouit d'une si utile victoire. Le blé baissa de prix dans des proportions inouïes ; une médaille fut frappée en souvenir de cet heureux événement, et Jean Bart reçut des lettres de noblesse, dans lesquelles le roi disait que personne ne s'en était jamais rendu plus digne. »

Jusqu'à la fin de sa vie, Jean Bart continua d'être le fléau des Anglais et des Hollandais, déjouant leurs manœuvres, enlevant leurs convois, détruisant leurs pêcheries, capturant ou brûlant leurs vaisseaux, et se couvrant chaque jour d'une gloire nouvelle.

Il mourut en 1702, un an après Tourville, auquel on ne peut toutefois le comparer ; car si Jean Bart est resté le plus populaire de nos marins, Tourville, digne successeur de Duquesne, était le plus grand homme de mer qu'eût alors la France.

Duguay-Trouin, émule de Jean Bart, avait pris aux ennemis plus de trois cents navires marchands et de vingt vaisseaux de guerre, lorsqu'il entreprit une expédition qui seule suffirait à immortaliser son nom.

Un armateur nommé Duclerc, ayant tenté en 1710 de surprendre Rio-Janeiro, fut battu et obligé de capituler. Au mépris de cette capitulation, on le massacra et l'on enferma ses compagnons dans des cachots où beaucoup périrent de faim et de misère.

L'indignation fut grande en France, surtout au cœur des marins ; mais le trésor public était épuisé, et Duclerc fût resté sans vengeance, si Duguay-Trouin n'eût offert d'entreprendre, avec l'aide des armateurs de Saint-Malo, une nouvelle expédition contre Rio-Janeiro.

Le roi lui donna des troupes et des bâtiments de guerre, que Duguay-Trouin fit armer aux frais de la société dont il était le chef. Arrivé dans la baie de Rio-Janeiro le 12 septembre 1711, il entra dans la ville le 21, après avoir livré d'héroïques combats ; car jamais place ne fut mieux située ni mieux fortifiée que celle-là. Il fit payer cher aux Portugais l'affront fait à la France et délivra ceux de nos compatriotes qui avaient survécu à leurs souffrances.

Cette expédition lui fit tant d'honneur, qu'après son retour, le peuple s'attroupait autour de lui pour le contempler. Les plus grandes dames se faisaient gloire de l'avoir vu et d'avoir recueilli quelques paroles de la bouche d'un si grand homme.

La paix conclue en 1713 permit à Duguay-Trouin de prendre un repos que sa santé, ruinée par tant de fatigues, rendait absolument nécessaire. Cette paix, qui enlevait à la France une partie de ses colonies d'Amérique, nous eût encore été plus désavantageuse, sans la crainte que la glorieuse expédition de Rio-Janeiro avait inspirée à nos ennemis, et sans le tort que faisaient à leur commerce nos hardis corsaires.

Une autre condition du traité fut la démolition du port et des fortifications de Dunkerque, démolition exigée par les Anglais en haine de la cité qui avait donné le jour à Jean Bart.

Parmi les intrépides corsaires qui soutenaient sur toutes les mers l'honneur du pavillon français, il faut que nous nommions Jacques Cassard, quand ce ne serait que pour le venger de l'ingratitude dont ses brillants services furent récompensés.

Il devint par ses exploits la terreur des possessions anglaises et hollandaises de l'Amérique, et celle de leurs navires, qu'il attaquait partout où il les rencontrait. En une campagne, il leur enleva plus de dix millions de livres. Sur la part qui lui en revenait, il prêta trois millions au gouvernement français.

Après la mort de Louis XIV, on oublia si bien Cassard, que, quand il vint, en 1733, offrir à Louis XV le reste de son sang, les courtisans se moquèrent de son vieux pourpoint, qui portait encore la trace des balles, et demandèrent qui il était.

— Messieurs, répondit Duguay-Trouin, qui se trouvait là, c'est le plus grand homme de mer que la France possède à présent. C'est Cassard. Je donnerais toutes les actions de ma vie pour une des siennes. Il faisait avec un vaisseau plus que d'autres avec une escadre.

Quelque temps après, Cassard ayant demandé au trésor le remboursement des trois millions prêtés, on lui répondit qu'il était fou. Il ne sut pas cacher son indignation, et, pour lui imposer silence, on le fit enfermer à Paris d'abord, puis au fort de Ham, où il mourut en 1740.

X.

Catinat. — Villars. — Boufflers.

Pendant que notre marine s'illustrait par les victoires
de Tourville, les merveilleux exploits de Jean Bart, de
Duguay-Trouin, et des intrépides corsaires, leurs imitateurs, nos armées de terre étaient commandées par des
généraux formés à l'école de Turenne et de Condé.

A la bataille de Senef, contre le prince d'Orange, le
grand Condé avait remarqué la brillante valeur d'un
officier, déjà distingué par le roi au siége de Lille,
en 1667. Cet officier, c'était Nicolas de Catinat, gentilhomme de petite noblesse et de très-médiocre fortune.

Le prince de Condé, apprenant que Catinat avait été
blessé dans le combat, lui écrivit : « Personne ne prend

à votre blessure plus d'intérêt que moi. Il y a si peu d'hommes comme vous, qu'on perd trop quand on les perd. »

L'éloge était mérité. Comme Vauban, son ami, Catinat joignait à la valeur militaire le caractère le plus noble et le plus désintéressé.

Nommé gouverneur de Casal, et chargé par Louvois de négocier avec le duc de Mantoue, il montra tant de sagesse et d'habileté, que le commandement des troupes envoyées ensuite au roi de Sardaigne pour combattre les Vaudois, lui fut confié.

La campagne finie, Louvois le nomma gouverneur de Luxembourg. Catinat se rendit incognito dans cette ville.

— J'ai voulu épargner à Luxembourg des dépenses inutiles, et à moi les ennuis d'une fastueuse réception.

Louvois était peu prodigue de ses bonnes grâces ; aussi la confiance dont il honorait Catinat suscita à ce dernier bien des envieux. Afin de le brouiller avec le ministre, ils lui conseillèrent de ne point accepter le commandement de Luxembourg, ce commandement étant moins important que celui de Casal ; mais personne n'était plus modeste que Catinat : quelque emploi qu'on lui destinât, il s'en contentait, pourvu qu'il pût s'y rendre utile.

En 1688, Catinat, alors lieutenant général, faisait avec Vauban le siége de Philipsbourg. Après six jours de tranchée ouverte, les Français entrèrent dans la place. Catinat faillit ne pas jouir de ce triomphe : une balle l'atteignit à la tête ; mais, à la grande joie des troupes, le coup, amorti par son chapeau, ne lui fit qu'une blessure sans gravité.

Aucun général n'était plus sincèrement aimé et respecté. Les soldats l'avaient surnommé *le père la Pensée*, à cause de sa prudence, de sa perspicacité, des ressources qu'il savait trouver dans les circonstances les plus difficiles.

Après Philipsbourg, Manheim et Frankendahl furent pris ; Spire, Trèves, Worms et Oppenheim se rendirent. Pour empêcher les ennemis de subsister dans le Palatinat, Louvois avait résolu de le ruiner de fond en comble. Il envoya aux généraux l'ordre de brûler les villes, les villages, les châteaux. Catinat parvint à éluder cet ordre barbare dans la province de Juliers, où il se trouvait alors. Il la mit à contribution, mais il la sauva d'une dévastation complète, au risque de s'attirer la colère du ministre, dont il n'avait jusque-là reçu que des témoignages de bienveillance.

Quelques revers suivirent ces premiers succès en Allemagne. Le prince de Lorraine, à la tête des troupes impériales, reprit Bonn et Mayence, malgré la belle défense du baron d'Asfeld et du marquis d'Uxelles. Le maréchal d'Humières se fit battre à Valcour, dans les Pays-Bas, par le prince de Waldeck, et Louvois fut obligé de lui ôter son commandement pour le donner à Luxembourg. En même temps il envoya Catinat en Italie. Ces deux généraux, alors les plus estimés de l'Europe, rappelaient les deux grands capitaines qui avaient illustré les commencements du règne de Louis XIV.

Luxembourg, élève de Condé, semblait avoir hérité de son génie ardent et impétueux, de son coup d'œil d'aigle, de sa promptitude d'exécution. Catinat, plus appliqué aux affaires et non moins brave, avait l'habileté, la sagesse, la modestie de Turenne. Son esprit sérieux, agile et fin, le rendait propre à tout ; et le duc de la Feuillade, qui ne l'aimait point, lui rendit justice en disant à Louis XIV, lorsque celui-ci voulut nommer Catinat major général des gardes :

— Sire, on peut faire de M. de Catinat un général, un ministre, un ambassadeur, un chancelier, mais non un major général des gardes.

L'ennemi que Catinat allait combattre en Italie était le duc de Savoie, Victor-Amédée, guerrier plein de ruse et de courage. Ce prince avait d'ailleurs sur le général français l'avantage de connaître parfaitement le pays, coupé de bois, de montagnes et de ravins, qui allait être le théâtre de la guerre. Catinat étudiait tous ses mouvements, prêt à profiter de la moindre faute qui lui échapperait ; aussi tomba-t-il sur l'armée sarde, placée près de l'abbaye de Staffarde, dans une position défavorable. Catinat montra dans cette journée la bravoure d'un soldat et le sang-froid d'un grand capitaine. Il attaqua le duc avec une impétuosité que le feu terrible des ennemis apaisa d'abord. Un instant ses escadrons plièrent. Il les rallia, l'épée à la main, et, s'élançant à leur tête, il sut ramener la victoire de son côté.

La soumission de toute la Savoie, excepté Montmélian, suivit cette bataille, dans laquelle les Français n'avaient perdu que trois cents hommes. Catinat y avait eu un cheval tué sous lui, plusieurs balles dans ses habits et une contusion au bras. Cependant, il cherchait si peu à se faire valoir, qu'il ne fit aucune mention de ces détails dans le rapport qu'il adressa au roi, après sa victoire. Il y parla si peu de lui-même, qu'on pouvait se demander, après avoir lu cette relation :

— Où donc était Catinat pendant la bataille ?

Le lendemain de sa victoire, il se délassait en jouant

aux quilles ; un de ses principaux officiers en parut surpris.

— Il n'y a rien à cela d'extraordinaire, lui dit Catinat :
je ne comprendrais votre étonnement que si nous avions
perdu la bataille.

Catinat entra en Piémont, força les lignes ennemis
près de Suze, s'empara de cette place, de Villefranche,
de Montalban, de Nice, de Veillane, de Carmagnole, et
revint à Montmélian, dont il se rendit maître après un
siége opiniâtre. Souvent contrarié dans ses opérations
par Louvois, dont le caractère impérieux prenait ombrage
d'un mérite trop éclatant, il apprit pourtant avec douleur
la mort de ce ministre, dont les talents lui paraissaient
très-utiles à la gloire de la France, et qui, d'ailleurs,
avait été son premier protecteur.

Barbezieux, qui succéda à Louvois, son père, diminua
l'armée d'Italie, pour grossir celle de Flandre. Catinat,
resté en face de Victor-Amédée avec des forces très-infé-
rieures, fut obligé de se tenir sur la défensive et de se
borner à garder Pignerol, que le roi lui avait recommandé. Le duc de Savoie, profitant de cette immobilité
forcée, prit Embrun et Gap. Il menaçait Grenoble ; mais
il tomba malade, et la campagne fut terminée.

Les ennuis que Catinat avait éprouvés en se voyant dans
l'impossibilité de poursuivre ses succès lui inspirèrent le
désir de se retirer dans la solitude, pour y finir ses jours
en cultivant les lettres et la poésie. Il écrivit à son frère
pour le prier de faire mettre en bon état sa petite terre
de Saint-Gratien ; mais les projets de Louis XIV n'étaient
pas d'accord avec les siens. Lorsque Catinat vint le saluer
à son retour d'Italie, le roi lui promit des renforts pour le
printemps suivant, et concerta avec lui son plan de cam-

pagne. Quand il eut fini de l'entretenir des opérations militaires, Louis XIV lui dit :

— C'est assez parler de mes affaires ; comment vont les vôtres ?

— Fort bien, sire, grâce aux bontés de Votre Majesté, répondit Catinat.

— Voilà, reprit le roi en se tournant vers ses courtisans, le seul homme de mon royaume qui m'ait tenu ce langage.

Peu de temps après, Louis XIV éleva Catinat à la dignité de maréchal de France, et s'écria en lisant ce nom sur la liste de promotion :

— C'est bien la vertu couronnée.

Devenu maréchal de France, Catinat désirait vivement s'en montrer digne par quelque succès. Ses premiers efforts ne furent point heureux, et déjà l'on critiquait sa conduite à Versailles, lorsqu'il remporta, sur le duc de Savoie et le prince Eugène réunis, la bataille de la Marsaille. La victoire fut chaudement disputée : trois fois nos soldats furent repoussés, mais Catinat les ramena une quatrième fois à la charge en s'écriant :

— Souvenez-vous que vous êtes Français !

Le lendemain de cette journée célèbre, Catinat se réjouissait au milieu de son armée, lorsqu'un vieux grenadier s'approcha de lui, et, se jetant à ses genoux, lui demanda la grâce d'un déserteur qu'on venait d'arrêter.

— C'est un brave, dit-il, je l'ai vu se battre hier, arracher un drapeau à l'ennemi et emmener plusieurs prisonniers.

— Si c'est un brave, comment a-t-il déserté ? demanda Catinat, en ordonnant qu'on fit venir le coupable. Pourquoi as-tu quitté ton poste après avoir si bien fait ton devoir ? lui dit-il.

— Je venais d'apprendre que ma mère se mourait, et je voulais la revoir, répondit le soldat. J'ai commis un crime, ô mon père ! Je le sais, et je ne demande pas qu'on me fasse grâce, mais seulement que, quand je ne serai plus, on prenne soin de ma pauvre mère, si Dieu lui rend la santé.

— Mon fils, répondit Catinat, vous avez eu tort de manquer de confiance envers moi, que vous appelez votre père. Je vous aurais accordé la permission que vous désiriez. Je vous l'accorde maintenant. Allez voir votre mère ; dites-lui que vous serez officier et qu'elle sera secourue.

Il écrivit au roi pour demander qu'une pension fût donnée à la mère du déserteur ; et, cette pension se faisant attendre, il en paya lui-même les premiers termes, comme s'il en eût reçu l'ordre.

La bataille de la Marsaille décida le duc de Savoie à traiter avec Louis XIV. Le comte de Tessé, qui commandait à Pignerol, entama des négociations dans Turin, et Catinat, qui était aussi bon politique que grand capitaine, acheva de décider Victor-Amédée à la paix. Le duc et le maréchal se rendirent à Notre-Dame de Lorette, sous prétexte d'un pèlerinage, et ils y eurent une entrevue, à la suite de laquelle un traité fut conclu entre la France et la Savoie.

Catinat, n'ayant plus rien à faire en Italie, passa en Flandre, où il fut chargé du siége d'Ath. Il s'empara de cette place, après l'avoir ménagée autant que possible en défendant à ses artilleurs de tirer sur les maisons. Il gémissait sincèrement des maux que la guerre traîne à sa suite, et il les adoucissait autant qu'il le pouvait, en faisant régner parmi ses troupes la plus exacte discipline. Ses soldats lui obéissaient moins par crainte du châtiment

que par respect et par affection. Il s'opposait au pillage
des villes, veillait à ce que les paysans ne fussent point
rançonnés par ses troupes et à ce que les récoltes fussent
épargnées. Il visitait lui-même les campagnes, afin de
s'assurer de la manière dont ses ordres étaient exécutés ;
il entrait dans les chaumières, écoutait les plaintes qu'on
lui adressait et y faisait droit. Il fit un jour emprisonner
un officier qui avait pillé des voitures de marchandises, et
l'obligea d'en restituer le prix.

— Vous devriez avoir honte, lui dit-il, de faire comme
l'oiseau de proie, qui se jette dans la basse-cour lorsqu'il a manqué le gibier qu'il poursuivait.

Le duc de Savoie s'étant rapproché de la France, les
autres puissances songèrent aussi à traiter avec elle,
et, après quelques derniers avantages remportés par nos
armées, la paix fut signée à Ryswick en 1697. Mais trois
ans plus tard, arriva la mort de Charles II, roi d'Espagne,
qui laissait par testament sa couronne au duc d'Anjou,
petit-fils de Louis XIV.

Plus ce monarque était puissant, plus l'accroissement
que la succession d'Espagne allait donner à son pouvoir
excita la jalousie de l'Europe. L'Autriche, l'Angleterre, la
Hollande s'unirent encore une fois contre lui. Le prince
Eugène, qui s'était déjà rendu célèbre dans la dernière
guerre et qui devait dans celle-ci faire tant de mal à la
France, sa patrie, fut envoyé en Italie avec trente mille
hommes, dont l'empereur lui laissa la libre disposition.
Ne sachant encore quel général Louis XIV lui opposerait,
Eugène dit dans le conseil impérial :

— Si c'est Villeroi qui commande en Italie, je le
battrai ; si c'est Vendôme, nous nous battrons ; si c'est
Catinat, je serai battu.

Cette prédiction, qui faisait tant d'honneur à Catinat, ne

se réalisa point. Le roi, gâté par une longue prospérité, croyait pouvoir tout diriger du fond de son cabinet. Il entravait les opérations de ses généraux par des ordres précis, et les obligeait à lui soumettre tous leurs projets avant d'agir, les mettant ainsi dans l'impossibilité de profiter des occasions favorables que le hasard leur offrirait. Il défendit à Catinat de s'opposer au passage du prince Eugène, et cette faute en entraîna d'autres.

« Catinat voulait aller à l'ennemi, dit Voltaire ; quelques lieutenants généraux firent des difficultés et formèrent des cabales contre lui. Il eut la faiblesse de ne pas se faire obéir. La modération de son esprit lui fit commettre cette grande faute. Eugène força d'abord le poste de Carpi, auprès du canal Blanc, défendu par Saint-Frémont, qui ne suivit pas en tout les ordres du général et qui se fit battre. Après ce succès, l'armée allemande fut maîtresse de tout le pays entre l'Adige et l'Adda ; elle pénétra dans le Bressan, et Catinat recula jusque derrière l'Oglio. Beaucoup de bons officiers approuvaient cette retraite, qui leur paraissait sage, et il faut encore ajouter que le défaut des munitions promises par le ministre la rendait nécessaire. »

Catinat se méfiait d'ailleurs avec raison du duc de Savoie, qui songeait à abandonner la cause de la France, et il crut agir dans l'intérêt de son armée en ne l'exposant pas, dans la pénurie de vivres et d'argent où elle se trouvait. Mais sa conduite fut représentée au roi sous des couleurs odieuses ; et les plus indulgents de ses ennemis se bornèrent à dire que la douleur qu'il avait ressentie de la mort de son frère, arrivée récemment, avait troublé ses facultés. Le maréchal de Villeroi se vanta de rétablir promptement les affaires d'Italie, si on l'en chargeait, et

Louis XIV, qui aimait beaucoup cet habile courtisan, lui confia le commandement de l'armée.

Catinat, obligé de servir sous les ordres de ce nouveau général, supporta cette disgrâce avec toute la force d'une âme supérieure. Il imposa silence à son orgueil blessé. pour ne songer qu'à la gloire du drapeau français, et il écrivit à ses amis :

« Je tâche d'oublier ma disgrâce, afin d'avoir l'esprit plus libre dans l'exécution des ordres de M. le maréchal de Villeroi. Je me mettrai jusqu'au cou pour l'aider. »

Villeroi, très-honnête homme et très-brave soldat, était trop sensible à l'honneur de commander pour n'être pas un peu hautain et pour ne pas dédaigner les avis qu'on lui donnait. Il fit attaquer le prince Eugène à Chiari, malgré les officiers généraux qui lui représentaient que ce poste sans conséquence étant fortement retranché, on ne gagnerait rien en le prenant, et qu'on y perdrait beaucoup de monde. C'était l'opinion du duc de Savoie et celle de Catinat. Villeroi n'écouta rien et fit ordonner à Catinat de marcher. Celui-ci se fit répéter trois fois cet ordre, tant il avait peur de se méprendre ; puis, se tournant vers les officiers, il leur dit :

— Allons, messieurs, il faut obéir !

Il se battit comme si sa gloire eût dépendu du succès de la journée, rallia les troupes vivement repoussées et les ramena aux retranchements.

— Où voulez-vous que nous allions ? lui demanda un officier général. A la mort ?

— Il est vrai, répondit Catinat, que la mort est devant nous ; mais la honte est derrière.

Cette nouvelle charge ayant été aussi infructueuse que les premières, et le maréchal de Villeroi ne songeant pas à ordonner la retraite, Catinat, tout blessé qu'il était, fit faire cette retraite et ne s'occupa de lui-même que quand les troupes furent en sûreté.

Pendant que Catinat se rétablissait en France, Villeroi se laissa surprendre par l'ennemi dans Crémone, où il avait pris ses quartiers d'hiver. Réveillé par la fusillade, il descendit promptement et tomba dans un corps de troupes, qui le fit prisonnier. Mais la vaillante garnison, réveillée aussi, accourait de tous côtés. Sans ordres du général, on se retrancha de rue en rue, et l'on se battit avec tant d'ardeur, que le prince Eugène fut rejeté hors de la ville.

On railla impitoyablement Villeroi, et Catinat put entendre chanter dans les rues de Paris le quatrain suivant :

> Français, rendez grâce à Bellone !
> Votre bonheur est sans égal :
> Vous avez conservé Crémone
> Et perdu votre général.

Le duc de Vendôme remplaça Villeroi en Italie, et Catinat fut envoyé en Alsace, où il ne put empêcher le prince de Bade de s'emparer de plusieurs places.

L'électeur de Bavière, notre allié, fit une diversion qui obligea les Impériaux à repasser le Rhin. Catinat, pressé de les suivre, ne l'osa pas ; mais Villars, un de ses lieutenants généraux, fut plus hardi. Il atteignit le prince de Bade à Friedlingen, près de la forêt Noire, et remporta une victoire qui lui valut le bâton de maréchal.

Catinat félicita sincèrement Villars d'un si beau succès, et, le reconnaissant digne de commander en chef, il se retira dans sa modeste demeure de Saint-Gratien. Il y vécut sans faste ; et quoiqu'il fût resté pauvre, il sut devenir le bienfaiteur des paysans de son petit domaine. Il se plaisait à s'entretenir avec eux, s'occupait de leurs travaux, veillait à leurs besoins, présidait aux jeux des jeunes gens, distribuait des prix aux plus forts, aux plus adroits, et les formait ainsi aux exercices militaires.

Catinat aimait à se vêtir avec une grande simplicité. Un jour qu'il se promenait seul, un jeune gentilhomme, ne se doutant pas que cet homme, en habit de drap tout uni, pût être autre chose qu'un paysan, l'aborda le chapeau sur la tête et lui dit :

— Savez-vous, bonhomme, à qui appartient cette terre? Moi, je l'ignore ; mais peu m'importe; si je n'ai pas la permission d'y chasser, je la prendrai.

Catinat l'écouta tête nue, et, l'ayant salué, continua sa promenade sans répondre. Le jeune homme allait se mettre en chasse, lorsque des gens qui travaillaient près de l'endroit où avait eu lieu sa rencontre avec leur maître lui dirent qu'il fallait qu'il fût bien hardi pour avoir osé parler ainsi au maréchal de Catinat.

Le chasseur, aussi confus que surpris, courut après le maréchal, qui s'éloignait lentement.

— Pardonnez-moi, monseigneur, lui dit-il, je ne vous connaissais point.

— Il n'est pas nécessaire de connaître quelqu'un pour lui ôter son chapeau, répondit Catinat en souriant. Mais ne parlons plus de cela : chassez sur mes terres tant qu'il vous plaira et regardez ma maison comme la vôtre.

Le vainqueur de Friedlingen, Louis-Hector de Villars, né à Moulins en 1653, avait montré de bonne heure une telle bravoure, que Louis XIV lui-même en avait été frappé.

— Il semble, avait dit un jour ce prince, que, dès qu'on tire un coup de fusil quelque part, ce petit garçon sorte de terre pour s'y trouver.

Au siége de Maëstricht, Villars, bravant la défense faite aux volontaires de prendre part aux attaques, courut à l'assaut avec les grenadiers, s'empara d'un poste, s'y soutint seul avec un de ses amis jusqu'à l'arrivée d'un renfort, et y reçut plusieurs blessures. Louis XIV, feignant d'être irrité de cette infraction à la discipline, adressa quelques paroles sévères au jeune homme, qui lui répondit sans se laisser intimider :

— J'ai cru, sire, que Votre Majesté me pardonnerait d'avoir voulu apprendre le métier de l'infanterie, puisque. la cavalerie n'a rien à faire.

Le roi sourit, et, après la réprimande due à la désobéissance de Villars, vinrent les éloges dont sa valeur le rendait digne.

Avant la bataille de Senef, le grand Condé, entouré de son état-major, étudiait les mouvements des ennemis ; il vit leurs lignes défiler, et l'un de ses officiers, croyant qu'ils se disposaient à fuir, exprima tout haut cette opinion.

— Non, dit Villars, ils changent seulement leur ordre de bataille.

— Qui donc vous a si bien instruit, jeune homme ? demanda Conde, frappé de la justesse de son coup d'œil et de son intelligence dans l'art de la guerre.

Le signal du combat fut aussitôt donné, et Villars, heureux de suivre l'exemple de l'illustre général, qui se précipitait contre l'ennemi à la tête de son armée, montra une si brillante valeur, que le grade de colonel lui fut accordé.

En 1678, il servit en Alsace sous le maréchal de Créqui, et sut s'en faire distinguer. Dans une escarmouche, il soutint avec sept escadrons les efforts d'un corps beaucoup plus nombreux, et, chargé ensuite de protéger la retraite de l'armée, il ne put se résigner à s'éloigner sans avoir encore attaqué les Autrichiens. Peu s'en fallut qu'il ne leur enlevât quelque pièces d'artillerie ; mais se voyant, avec sa petite troupe, sur le point d'être enveloppé par toutes les forces du prince de Lorraine, il ordonna la retraite. Il avait eu dans cette affaire deux chevaux tués sous lui, et avait refusé, avant le combat, d'endosser sa cuirasse, en disant que ses soldats n'en avaient pas, et que sa vie n'était pas plus précieuse que la leur. Le maréchal de Créqui, charmé de la bravoure dont il fit preuve en toutes rencontres dans cette campagne, lui dit, en présence de ses officiers :

— Jeune homme, si Dieu te laisse vivre, tu auras ma place plutôt que personne.

Malgré la brillante valeur de Villars, cette prédiction ne se réalisa qu'après la bataille de Friedlingen. Ce jour-là même, une terreur panique, qui s'était glissée parmi ses troupes, faillit lui enlever la victoire. Les voyant fuir, il saisit un drapeau, s'élança vers eux et les rallia, en s'écriant : « Vive le roi ! nous sommes vainqueurs !... »

Elevé au commandement en chef, Villars ne s'épargna pas plus qu'il ne l'avait fait avant d'y parvenir. Partageant avec les soldats les fatigues et les dangers, il les empêchait de se plaindre et réussissait à leur inspirer autant de confiance que d'affection. Au siége de Kehl, on lui disait qu'il ne devait pas se risquer si souvent dans la tranchée et que sa présence n'y était pas nécessaire.

— Je l'avoue, répondit-il ; mais avouez, à votre tour, qu'elle n'y fait pas de mal.

La bataille d'Hœchstædt, qu'il gagna en 1703, lui fit le plus grand honneur. Il devait agir, pendant cette campagne, de concert avec l'électeur de Bavière ; mais, trouvant une occasion favorable de combattre, il força ce prince à risquer l'attaque. L'électeur voulait, avant de rien entreprendre, consulter ses généraux et ses ministres.

— C'est moi, lui dit Villars, qui suis votre ministre et votre général. Il ne vous faut pas d'autre conseil que le mien, lorsqu'il s'agit de livrer bataille.

La victoire fut aussi complète qu'il pouvait le désirer. La route de Vienne était ouverte; Villars voulait y courir; n'ayant pu exécuter ce projet, il demanda la permission de rentrer en France. Elle lui fut enfin accordée, et le roi le reçut avec une bienveillance qui augmenta la haine de ses envieux. Toutefois, comme aucun commandement ne lui avait d'abord été assigné pour l'année 1704, ils crurent qu'on le laisserait inactif, et le maréchal de Villeroi lui dit avec un peu d'ironie qu'il pouvait bien se reposer, après deux campagnes si bien employées.

— Je ne sais, répondit Villars, si je resterai sans commandement; mais je sais que si mes ennemis s'en réjouissent, ceux du roi s'en réjouiront encore davantage.

Louis XIV voulait lui confier une tâche plus difficile que celle dont il l'avait chargé : il l'envoya dans le Languedoc, où, depuis deux ans, les protestants, animés par les puissances étrangères, s'étaient soulevés et, sous le nom de Camisards, commettaient toutes sortes de violences. Il est juste de dire qu'on les leur rendait bien. D'un côté comme de l'autre, on massacrait les prisonniers.

— J'espère, dit le maréchal en prenant congé du roi, terminer par la douceur une guerre où la sévérité me paraît inutile. Ces gens-là sont des Francais; ils sont très-braves et très-forts : trois qualités à considérer.

Il réussit à calmer pour un temps ces cruelles divisions et décida Jean Cavalier, chef des révoltés, à se soumettre à Louis XIV. Pendant que Villars était en Languedoc, l'armée d'Allemagne, commandée par les maréchaux de Marsin et de Tallard, essuyait à Hœchstædt, naguère témoin d'une éclatante victoire, une des plus cruelles défaites que la France eût encore déplorées. Rappelé aussitôt, Villars courut sur la Moselle et parvint à déconcerter les plans de Marlborough, tandis que Vendôme gagnait, en Italie, sur le prince Eugène, la bataille de Cassano.

En 1706, le présomptueux la Feuillade, qui avait remplacé Vendôme, perdit toute l'Italie en se faisant battre à Turin, et le maréchal de Villeroi se vit enlever les Pays-Bas espagnols, après la funeste journée de Ramillies. Villars, plus heureux, remportait une victoire à Stolhoffen et tirait de l'Empire d'énormes contributions.

Le duc de Savoie menaçant le Dauphiné, Villars y fut envoyé et sut faire échouer tous les projets de ce prince, qui cependant jouissait d'une haute réputation d'habileté.

— Il faut, disait-il un jour, que le maréchal de Villars soit sorcier, car il devine tout ce que je dois faire. Jamais homme ne m'a donné plus de peine et ne m'a causé plus de chagrin.

Le prince Eugène et Marlborough joignirent leurs forces et vinrent attaquer la Flandre. Les Français furent battus à Oudenarde et, en se retirant, perdirent plus de dix mille hommes.

Le maréchal de Boufflers, gouverneur de la Flandre, était à Versailles. A la nouvelle des mouvements faits par les ennemis, il devina qu'ils en voulaient à Lille, et il courut s'y enfermer, quoique le roi lui eût dit que ce n'était point la place d'un maréchal de France.

Boufflers, n'ayant rien à attendre du Trésor public, emprunta sur son bien, tant à Paris qu'en Flandre, et réunit un million.

Lille avait peu de vivres, peu de munitions, et ne comptait qu'un petit nombre de soldats aguerris ; mais les habitants étaient résolus à se bien défendre, et Boufflers leur en donna l'exemple.

Déjà vieux et fatigué par de nombreuses campagnes, il ne s'accordait d'autre sommeil que celui qu'il pouvait prendre sur les remparts, après avoir donné ses ordres. Une fois pourtant, il fut contraint par les bourgeois et les soldats de rester chez lui pendant vingt-quatre heures, pour faire soigner une blessure qu'il avait reçue à la tête, blessure qui n'était pas la première ; mais il avait réussi à cacher les autres.

Deux assauts furent donnés à la place, et les assiégeants repoussés avec de grandes pertes. Boufflers, prévoyant le moment où la brèche serait ouverte, fit abattre les arbres des remparts. On les hérissa d'énormes pointes de fer fabriquées avec les barreaux et les grilles des maisons, et l'on en fit une redoutable palissade derrière le point le plus menacé des murailles.

D'autres troncs d'arbres, des pierres, des poutres, furent lancés sur les ennemis, et l'on ne dédaigna pas d'y joindre l'huile et la poix bouillantes. Des fascines enduites de goudron furent placées à la première brèche, et l'on prépara de quoi entretenir ce feu pendant deux mois.

Mais au bout de quarante jours, la garnison, fort maltraitée, ne suffisant plus à faire le service, même avec l'aide des bourgeois, et de nouvelles brèches s'ouvrant aux murailles, Boufflers ne voulut pas exposer la ville à être prise d'assaut. Il consentit à en ouvrir les portes, et se retira dans la citadelle avec les soldats qui lui restaient.

C'était encore un siège à faire. Il dura presque autant que celui de la ville. Enfin, Boufflers, ne pouvant compter sur aucun secours, envoya par écrit au prince Eugène les conditions auxquelles il se rendait. Celui-ci n'hésita pas à les signer, et se rendit bien vite à la citadelle pour rendre hommage à la valeur de l'héroïque maréchal. Il l'embrassa cordialement, consentit à partager son souper, et le consola de n'avoir pu sauver Lille, en lui disant que la belle défense de cette place avait fait perdre une année aux troupes que lui et Marlborough commandaient.

Après la prise de Lille, l'audace des ennemis devint telle, qu'un parti hollandais s'avança jusqu'à Versailles et enleva le premier écuyer du roi, en croyant se saisir du dauphin. Louis XIV, qui longtemps avait fait la loi à toutes les puissances, leur demandait instamment la paix. Le maréchal d'Uxelles et l'abbé de Polignac, ses envoyés, essuyaient en Hollande des humiliations qu'ils feignaient de ne point sentir, parce que la France était impuissante à les venger. Les guerres successives avaient épuisé les forces de cette vaillante nation ; les armées se recrutaient difficilement, et l'époque des grands généraux était passée.

L'hiver de 1709 vint encore ajouter aux malheurs de plusieurs campagnes désastreuses. Le froid fut si terrible, que les arbres fruitiers gelèrent et que partout l'espoir de la récolte fut perdu. On n'avait point d'approvisionnements ; les années précédentes avaient à peine suffi à la consommation ; car les bras manquaient à la culture des terres. La disette se fit donc réellement sentir. Les

pauvres mouraient par milliers, les riches manquaient du
nécessaire ; les laquais du roi furent réduits à mendier,
et Mme de Maintenon mangea du pain d'avoine.

Il était impossible de faire payer les impôts au peuple,
qui mourait de faim. Pourtant il fallait de l'argent pour
l'entretien des armées, et le Trésor public était vide. Le
roi fut obligé de livrer la France à la rapacité des traitants, qui prêtèrent des sommes insuffisantes et exigèrent
des intérêts exorbitants. Un papier-monnaie fut créé ;
mais il perdit bientôt sa valeur, et un grand nombre
de familles furent complétement ruinées. Louis XIV,
touché des souffrances de ses sujets, demanda de nouveau la paix et proposa des conditions qu'il croyait voir
aussitôt acceptées. Mais les ennemis connaissaient sa position ; ils mirent une simple suspension d'armes à un si
haut prix, que le roi se résigna à combattre encore. Il
fit appel à son peuple ; il écrivit aux gouverneurs des
provinces, aux évêques, à toutes les villes du royaume,
pour leur demander s'il pouvait, sans compromettre son
honneur et celui de la France, accepter les conditions de
paix qu'on lui imposait.

La réponse fut unanime : chacun préférait la mort au
déshonneur. On versa ce qu'on put dans les coffres du
roi, et, plutôt que de mourir de faim, les pauvres se firent
soldats.

Louis XIV eut encore une armée. Il restait pour la
commander un général aussi habile que brave : c'était
Villars, que les soldats aimaient pour son ardeur au
combat, sa gaîté, son affabilité, et la confiance en lui-
même qui ne l'abandonnait jamais.

Les privations qu'endurait l'armée en 1709 faisaient
ardemment désirer à Villars d'en finir par une bataille.

Le roi, Mme de Maintenon, et le ministre de la guerre

s'efforçaient de modérer son ardeur ; mais les souffrances
de ses soldats parlaient plus haut que ces illustres per-
sonnages.

« Les officiers subalternes, écrivait-il, ont vendu
jusqu'à leur dernière chemise pour vivre.... A Tournay,
des soldats ont vendu leurs justaucorps et leurs armes
pour avoir du pain.... Tous les officiers de la garnison
de Saint-Venant m'ont demandé en grâce de leur faire
donner du pain, et cela avec modestie, disant : — Nous
vous demandons du pain parce qu'il en faut pour vivre ;
du reste, nous nous passerons d'habits et de chemises.

« Un orage, une sécheresse me font trembler, parce
que je suis forcé de faire moudre la nuit pour le lendemain matin, le matin pour l'après-midi, et cuire tout de
suite. Or, trop d'eau noierait les moulins, trop peu les
ralentirait.... Imaginez-vous l'horreur de voir une armée
manquer de pain. Il n'a été délivré aujourd'hui que le
soir, et encore fort tard. Dans ces occasions, je passe dans
les rangs, je caresse le soldat, je lui parle de manière à
lui faire prendre patience.

« — Monsieur le maréchal a raison, disent-ils, il faut
souffrir quelquefois.

« Je fais ici la plus surprenante campagne qui ait
jamais été faite ; c'est un miracle que nos subsistances et
une merveille que la vertu et la fermeté du soldat à
souffrir la faim. On s'accoutume à tout ; je crois cependant que l'habitude de ne pas manger est bien difficile à
prendre. »

Quelque désir qu'éprouvât Villars de sortir d'une
position si cruelle, il lui était impossible de chercher
l'ennemi ; car, malgré tout leur courage, les troupes exté-
nuées ne pouvaient marcher. Il était de toute nécessité
qu'il réunît quelques provisions ; il se rendit à la cour

dans l'espoir d'en obtenir du roi. Louis XIV, vivement touché du dénûment de son armée, ne chercha point à cacher sa douleur.

— Je mets ma confiance en Dieu et en vous, dit-il à Villars en l'embrassant, et je ne puis rien vous ordonner, car je ne puis vous fournir aucun secours.

Cependant il envoya quelque argent, et Villars en profita pour s'assurer du pain le jour où il pourrait combattre. Enfin, il trouva les alliés près de Malplaquet. La joie des soldats fut si grande, que, pour courir plus vite à l'ennemi, ils jetèrent le pain qu'on venait de leur distribuer. Ces braves soldats avaient jeûné la veille, et nous ne croyons pas que l'histoire puisse consigner un fait qui fasse plus d'honneur à notre armée. Ils se battirent comme des lions, et, malgré les efforts du prince Eugène et de Marlborough, la victoire fût restée à Villars, si ce brave général n'eût été grièvement blessé.

Boufflers, qui avait voulu servir sous lui, quoiqu'il fût plus ancien, ordonna et dirigea la retraite. Les alliés laissèrent de quinze à vingt mille hommes sur la place; les Français n'en avaient pas perdu huit mille; mais comme ils s'étaient retirés du champ de bataille, ils étaient réputés vaincus. Villars écrivit au roi :

« Si Dieu nous fait la grâce de perdre encore une pareille bataille, Votre Majesté peut compter que ses ennemis sont détruits. »

La blessure du général causa la plus grande inquiétude aux troupes. On parlait de lui couper la jambe; mais cette opération n'eut pas lieu, et au printemps de l'année suivante, il put rentrer en campagne. Il eût voulu marcher droit à l'ennemi, on l'en empêcha, et il eut la douleur de voir Eugène et Marlborough continuer leurs conquêtes. En 1711, son armée n'était guère mieux payée ni mieux

pourvue que pendant la terrible année 1709. Il fallait à
Villars un grand courage pour se tenir sur la défensive
en face d'un ennemi qu'il brûlait d'affronter, mais que
des ordres exprès du roi l'empêchaient d'attaquer.

Au commencement de 1712, la mort frappa dans sa
famille Louis XIV, déjà si cruellement éprouvé. La duchesse de Bourgogne, le dauphin, son époux, en qui la
France avait mis ses plus chères espérances, et l'aîné de
leurs fils, furent enlevés si subitement, que le peuple crut
à un empoisonnement. Le roi supporta cette nouvelle
douleur, et il resta maître de lui-même devant ses courtisans ; mais quand Villars vint prendre ses derniers
ordres pour la campagne de 1712, ce roi jadis si heureux
laissa couler des larmes longtemps contenues et lui dit :

— Vous voyez mon état, monsieur le maréchal. Il y a
peu d'exemples de ce qui m'arrive et que l'on perde dans
la même semaine trois de ses enfants. Mais ne parlons
pas de mes malheurs, occupons-nous de ce qu'on peut
faire pour prévenir ceux du royaume. J'ai toute confiance
en vous, puisque je vous remets les forces et le salut de
l'Etat. Je connais votre zèle et la valeur de mes troupes ;
mais enfin la fortune peut vous être contraire. Si ce malheur arrivait, quel serait votre sentiment sur le parti que
j'aurais à prendre ?

Villars était trop ému pour lui répondre sans hésitation,
et le cas était d'ailleurs assez grave pour qu'on prît le
temps de réfléchir.

— On me conseille, ajouta Louis XIV, de me retirer à
Blois, mais je ne consentirai jamais à laisser l'ennemi
approcher de ma capitale. Je connais mon peuple, je
trouverai encore une armée, j'irai à Péronne ou à Saint-
Quentin ; je ferai un dernier effort avec vous, et nous
périrons ensemble ou nous sauverons l'Etat.

Le camp des Français était placé sous Cambrai, derrière l'Escaut ; les alliés passèrent cette rivière sous Bouchain, et le prince Eugène proposa de tourner vers le mont Saint-Martin, pour mettre Villars dans la nécessité de se battre ou d'abandonner Arras et Cambrai. Mais Marlborough, avec lequel il avait toujours concerté ses opérations, venait d'être disgracié par la reine Anne et remplacé dans son commandement par le duc d'Ormond, partisan de la paix, que la reine songeait à conclure. Le nouveau général déclara que ses troupes ne prendraient part à aucune entreprise sans les ordres de sa souveraine.

Le prince Eugène, ne pouvant plus compter sur les Anglais, renonça au mouvement projeté et alla faire le siége du Quesnoy, qui se rendit au bout de huit jours. Les alliés allèrent attaquer Landrecies. Leur armée montait à cent mille hommes ; ils ne doutaient pas que cette place, qui devait ouvrir le chemin de Paris, ne tombât bientôt en leur pouvoir, et déjà de nombreux détachements faisaient des courses en Champagne.

La terreur se répandait en France ; mais Villars, attentif à profiter des fautes de l'ennemi, ne perdait pas l'espérance de le vaincre. Eugène avait remporté tant de succès, il savait l'armée française tellement affaiblie et découragée, qu'il oublia les conseils de la prudence. Il tirait ses approvisionnements de la Hollande par l'Escaut, et ses magasins étaient à Marchiennes sur la Scarpe. Marchiennes étant fort éloigné de Landrecies, il établit à Denain un camp retranché pour assurer la communication entre ces deux points, et alla avec un corps de troupes se porter derrière la Seille, pour protéger l'armée de siége.

Ses lignes n'occupaient pas moins de quinze lieues

d'étendue. Villars résolut de les couper, et le maréchal de Montesquiou lui ayant proposé d'attaquer Denain, il jugea que l'avis était bon. Pour donner le change aux ennemis, afin qu'ils dégarnissent Denain, il feignit d'en vouloir aux travaux du siége et fit jeter des ponts sur la Sambre. Mais, à la nuit tombante, son armée se mit en marche vers Denain et passa l'Escaut sur des pontons, pendant qu'un corps d'élite retenait les alliés dans leurs retranchements devant Landrecies. Le prince Eugène fut la dupe de cette ruse. Villars hâta le passage de l'Escaut, mit promptement ses troupes en bataille dans les lignes de l'ennemi, entre Marchiennes et Denain, qu'il fit attaquer aussitôt, sachant bien que si l'on n'emportait pas ce point avant l'arrivée du prince Eugène, c'était non-seulement une affaire manquée, mais la perte de la plus grande partie de l'armée française.

— Messieurs, dit Villars aux officiers qui l'entouraient, les ennemis sont plus forts que nous. Ils sont même retranchés ; mais nous sommes Français, et il y va de notre honneur. Il faut aujourd'hui vaincre ou mourir, et je vais vous en donner l'exemple.

Les alliés, commandés par le duc d'Albemarle, abandonnèrent leur camp et leurs retranchements pour défendre le village et le pont de Denain. Villars y courut, l'épée à la main, les repoussa et les mit en déroute. Eugène, informé de ce qui se passait, avait donné l'ordre à ses troupes de venir au secours de Denain, et, les précédant, il encourageait le duc d'Albemarle à tenir ferme pendant quelques instants encore ; mais l'impétuosité des Français était si grande, que rien ne pouvait leur résister. Maître du village de Denain, Villars ordonne l'attaque du camp retranché et dit à ceux qui lui demandent des fascines pour combler le fossé :

— Des fascines ! Les premiers d'entre nous qui tomberont en serviront aux autres.

Il se précipite sur les retranchements, on le suit, le camp est emporté, et le duc d'Albemarle s'efforce en vain de rallier ses troupes. Il est fait prisonnier avec les princes de Holstein, le lieutenant général Seiguin, plusieurs autres généraux et cinq colonels. Les vaincus cherchent leur salut dans la fuite ; mais le pont qu'ils veulent franchir se rompt sous leur poids ; on en prend un grand nombre, et les autres sont tués ou noyés.

Le prince Eugène, témoin de cette défaite, mordait ses gants avec rage et se répandait en imprécations contre les fuyards, qui n'avaient pu attendre l'arrivée de son infanterie, dont on apercevait l'avant-garde. Il parvint à ramener quatorze bataillons sur le bord de l'Escaut ; mais les Français tournèrent sur eux les canons pris à Denain et les forcèrent à se retirer. A cinq heures du soir, tout était fini, et la victoire de Villars était complète.

La nouvelle de ce succès inespéré fut reçue en France avec enthousiasme, et la manière dont Villars sut en profiter hâta la conclusion de la paix. Marchiennes, où les ennemis avaient établi leurs magasins, fut assiégé et pris, malgré les marais qui en défendaient l'approche. On y trouva cent pièces de canon, d'immenses quantités de vivres, de munitions, et six mille prisonniers. Eugène, n'ayant plus d'approvisionnements, fut obligé de lever le siége de Landrecies, et Villars, ayant appelé à son aide une partie de la garnison des places voisines, marcha vers Douai, que l'ennemi occupait depuis deux ans. L'ennemi s'y défendit courageusement ; mais les Français ne se laissèrent rebuter ni par les dangers, ni par la fatigue, ni par l'inondation des tranchées. Le fort de la Scarpe, que Villars pressait vivement, demanda une trêve de quatre jours pour que le prince Eugène pût lui donner l'autorisation de se rendre. Le maréchal communiqua cette demande à son armée et engagea les grenadiers à lui donner leur avis sur ce qu'il convenait de faire.

— Continuons le siége, répondirent ces braves soldats.

Le fort se rendit à discrétion, et la ville de Douai en fit autant. Villars envoya à Louis XIV cinquante drapeaux pris aux ennemis, et le vieux roi ouvrit son cœur à l'espérance. Le Quesnoy eut le même sort que Douai, et Bouchain ne résista que neuf jours. Ainsi cette campagne, commencée sous de si tristes auspices, fut une des plus brillantes dont notre histoire garde le souvenir. Le démembrement de la France n'était plus à craindre; les alliés daignèrent enfin parler sérieusement de paix. Philippe V fut reconnu roi d'Espagne par toute l'Europe, excepté par l'Autriche, et l'on rendit à Louis XIV Saint-Venant, le fort Saint-François, Aire et Lille.

Pour conserver la mémoire de la bataille qui avait causé un si heureux revirement dans les affaires de la France, Louis XVI fit élever en 1781, près de Denain, une pyramide sur laquelle on grava cette inscription : « Denain, 24 juillet 1712. »

Louis XIV avait écrit à Villars, après cette victoire, la lettre la plus flatteuse; mais quand l'habile général revint à Versailles après la campagne, il ne le reçut pas avec toute la distinction à laquelle ce beau succès lui donnait droit. Villars avait toujours eu des ennemis, et plus il s'acquérait de gloire, plus leur haine prenait à tâche de rabaisser son mérite. Ce fut pourtant Villars que le roi envoya en Allemagne pour forcer l'Autriche à la paix déjà signée par les autres puissances.

Le maréchal rassembla ses troupes et se rendit si promptement à Spire, que l'évêque de cette ville, informé de l'approche d'une armée, crut que c'était celle des Autrichiens et envoya prier le prince Eugène d'accepter l'hospitalité dans son palais. Villars assiégea Landau, s'en empara, et fit prisonnier de guerre le prince de Wurtemberg, qui commandait la place. Il feignit de vouloir y donner du repos à son armée et organisa un bal auquel parurent les nobles dames de la ville. On dansa fort tard ; mais pendant que les invités se reposaient, les Français passaient le Rhin, près du fort de Kehl, et courait assiéger Fribourg. Le gouverneur de la place se défendit tant qu'il put et se retira enfin dans la citadelle, abandonnant la ville à la clémence du vainqueur. Villars se serait fait livrer ce fort, si le roi ne lui eût fait savoir que l'Empereur consentait à traiter.

Nommé plénipotentiaire, l'heureux Villars débattit avec le prince Eugène les conditions de cette paix, qui fut enfin conclue à Rastadt, le 6 mai 1714. Lorsqu'il revint en France, Louis XIV lui dit :

— Voilà donc, monsieur le maréchal, le rameau d'olivier que vous m'apportez. Il couronne tous vos lauriers.

Les services de ce grand capitaine lui donnaient droit à tous les honneurs. Il fut mis en possession de l'appartement que le dauphin avait habité à Versailles, et le roi s'occupa lui-même des changements qui pouvaient être agréables au maréchal. Louis XIV avait confiance en ses talents et en ses lumières ; mais il craignait sa franchise ; car il savait que le brave général mettait autant de courage dans ses discours que dans ses actions. Il ne flattait jamais ; aussi écrivait-il à Mme de Maintenon :

« Les serviteurs fidèles grondent souvent, les courtisans seuls approuvent tout. »

— Vous avez une tâche plus difficile que de gérer les finances, disait-il au ministre Chamillard : c'est d'étudier les hommes qui n'approchent jamais du roi ou de vous qu'avec un masque sur le visage.

Villars se disposait à partir pour la Provence, dont Louis XIV lui avait donné le gouvernement, lorsque ce prince mourut. Le duc d'Orléans, régent du royaume, retint le vainqueur de Denain et le nomma président du conseil de guerre ; mais bientôt la sévère probité et la rude fierté de Villars l'engagèrent à se retirer en Provence. Il s'occupa du bonheur et de la prospérité de cette contrée et sut y faire bénir son administration. Le maréchal s'était opposé de toutes ses forces à ce que le régent accueillit le système de Law ; quand Philippe vit la moitié de la France ruinée par cet aventurier, il regretta de ne point avoir écouté les conseils de Villars. Il les suivit en choisissant Pelletier de la Houssaye pour remplacer Law ; mais le mal était fait.

Le régent mourut en 1723, et le duc de Bourbon, premier ministre de Louis XV, fit entrer Villars dans le conseil du roi. Il y porta sa noble franchise et engagea souvent le jeune prince à se méfier des flatteurs.

— Les rois, lui disait-il, n'ont pas beaucoup d'amis ; mais ils peuvent sans crainte accorder ce titre à ceux qui les aiment assez pour risquer de leur déplaire en leur disant la vérité.

Il prit part à toutes les affaires de l'Etat, contribua au mariage de Louis XV avec Marie Leczinska, et fut chargé du commandement de l'armée en Italie, lorsque la France déclara la guerre à l'Autriche, en 1733. Villars avait quatre-vingt-deux ans, mais il dit au roi, qui lui té-

moignait quelque inquiétude de le voir en campagne
l'hiver :

— Sire, puisque Votre Majesté me confie de si hauts
intérêts, je compte ma vie pour rien et ne m'inquiète
nullement des fatigues ou des incommodités qui pourraient l'abréger.

La reine le regardait comme un de ses meilleurs amis
et désirait vivement le succès de cette guerre, entreprise
pour venger Stanislas Leczinski. Elle attacha elle-même
une cocarde au chapeau du vieux général, qui s'écria
dans son enthousiasme :

— Le roi peut disposer de l'Italie, car je vais la lui
conquérir.

Il arriva le 11 novembre devant Pizzighettone, en
poussa le siége avec vigueur, et s'en empara au bout
de douze jours. Un de ses officiers généraux lui ayant
représenté qu'il s'exposait trop dans la tranchée, il
répondit :

— Vous auriez raison si j'avais votre âge ; mais il me
reste si peu de jours à vivre, que je ne dois pas négliger
l'occasion de trouver une mort glorieuse.

Il soumit le Milanais, une partie du Mantouan ; et il
aurait poussé plus loin ses conquêtes, si le roi de Sardaigne, qui commandait avec lui, n'eût préféré se fortifier
dans le Milanais. Les Autrichiens passèrent le Pô, et
Villars montra, en repoussant un détachement qui l'avait
enveloppé, lorsqu'il étudiait la position de l'ennemi, une
valeur digne de ses plus belles années.

Ce fut son dernier fait d'armes. Souffrant de ne pouvoir
diriger comme il l'entendait les opérations de l'armée, il
pria Louis XV de le rappeler en France. Cet ordre arrivé,
il partit du camp ; mais il fut forcé de s'arrêter à Turin,
et comprit aussitôt que sa fin approchait. Il s'y résigna ;

mais quelqu'un lui ayant dit que le maréchal de Berwick venait d'être tué d'un coup de canon au siége du fort de Kehl, il s'écria :

— J'ai toujours dit que cet homme était plus heureux que moi.

Quelques jours après, la mort mit fin à la longue et glorieuse carrière de Villars.

En apprenant cette nouvelle, le prince Eugène dit : « La France vient de faire une grande perte qu'elle ne réparera de longtemps. »

Villars avait le génie de la guerre, le coup d'œil juste, l'esprit vif, résolu, plein d'audace et de confiance. Il semblait avoir pris pour règle de conduite de faire toujours plus que son devoir. Son mérite lui suscita des envieux, sa franchise lui fit des ennemis, qui allèrent jusqu'à lui contester ses plus beaux titres à la gloire ; mais la postérité lui a rendu justice en le proclamant un des plus braves et des plus généreux défenseurs de sa patrie.

XI.

Montcalm. — Le chevalier d'Assas. — Le bailli de Suffren. — Le lieutenant Dieu.

En 1756, Louis XV entra dans la ligue formée contre Frédéric II, roi de Prusse, à l'instigation de l'impératrice Marie-Thérèse, qui voulait à tout prix recouvrer la Silésie, dont Frédéric s'était emparé pendant la guerre de Succession. Presque toute l'Europe se déclara contre la Prusse ; l'Angleterre seule la soutint ; car l'Angleterre jugeait le moment favorable pour détruire la marine française et ruiner nos colonies.

Pour déclaration de guerre, les Anglais confisquèrent trois cents navires français ; puis ils menacèrent le Canada et les établissements fondés dans les Indes par les Français. Le marquis de Montcalm, sorti d'une ancienne et vaillante famille du Rouergue, fut chargé de la défense du Canada. Il sut, par une conduite habile et courageuse, se faire craindre des ennemis et rendre l'espoir aux colons. A la tête de trois mille hommes seulement, il s'empara d'un fort qui commandait le lac Ontario, prit sept bâtiments de guerre, une flottille de deux cents petits navires, cent vingt pièces d'artillerie, des magasins d'armes, de vivres, et dix-huit cents prisonniers.

Lord Chatam, plus connu sous le nom de William Pitt, entra alors au ministère. Pour venger les échecs reçus en 1756, il envoya en Amérique vingt-cinq mille hommes et une flotte considérable. L'amiral anglais menaçait Louisbourg, mais une tempête lui enleva huit vaisseaux et le força de renoncer à son entreprise.

Montcalm, sans attendre que l'armée de terre vînt l'attaquer, envoya les Canadiens ravager les terres anglaises, aux environs du fort William-Henry. Bientôt il parut lui-même, attaqua cette place, que les Anglais regardaient comme le boulevard de leurs possessions en Amérique, et parvint à s'en rendre maître, à force d'audace et d'énergie. Il eût bien voulu poursuivre une expédition si heureusement commencée ; mais telle était la disette qui régnait dans son armée, que chacun de ses hommes n'avait plus que deux onces de pain par jour (62 grammes).

Cette pénurie sauva seule les Anglais ; à demi vaincus déjà par la perte du fort William-Henry, Pitt leur envoya des renforts qui portèrent leur armée à quatre-vingt mille hommes.

De son côté, Montcalm écrivit à la cour de France ; mais l'imprudence ou l'incapacité de nos généraux avait amené de sanglants revers, et Louis XV n'avait pas de troupes à envoyer au Canada. L'héroïque Montcalm, se voyant abandonné par la mère-patrie, ne s'abandonna pas lui-même. Il assembla les Canadiens et les décida à s'ensevelir sous les ruines de la colonie plutôt que de courber la tête sous le joug de l'Angleterre. Il fut décidé que tout homme en état de porter les armes ferait la campagne; et comme on craignait de mourir de faim, si les terres n'étaient point cultivées, les femmes, les enfants, les prêtres, les vieillards, dirent aux guerriers de ne s'inquiéter de rien autre chose que de repousser l'ennemi.

Les plus nobles dames prirent résolûment leur part des travaux champêtres. Si l'on eût voulu le permettre, elles eussent bravé les périls de la guerre. Louisbourg fut assiégé de nouveau par des forces imposantes; la femme du gouverneur, voulant inspirer du courage à la garnison, se tenait la moitié du jour sur le rempart et passait l'autre moitié dans les hôpitaux, où elle pansait et consolait les blessés. La ville résista vaillamment; mais sans cesse en butte au feu de trente-huit bâtiments, elle perdit les deux tiers de ses défenseurs et fut obligée de se rendre.

Maîtres de Louisbourg, les Anglais se croyaient déjà dans Québec. Montcalm leur apprit ce que peut coûter aux ennemis le dévouement d'un homme de cœur. Il réunit ses troupes à la hâte, les conduisit sur les hauteurs de Carillon, près du lac Champlain, et les couvrit de retranchements empruntés à une forêt voisine. Animés par son exemple, les soldats manièrent la hache et la cognée aussi bien que le sabre et le fusil; d'énormes troncs d'arbres furent transportés au camp et s'élevèrent devant les Anglais comme un rempart infranchissable.

Le général Abercromby leur donna l'ordre d'emporter

ce fort improvisé; mais leurs plus braves bataillons
vinrent s'y briser. Il les rallia et les ramena six fois à la
charge, laissant à chacune de ces attaques bon nombre
d'officiers. Désespérant enfin de triompher, il donna le
signal de la retraite, qui se changea bientôt en une véritable déroute. Montcalm ne pouvait abandonner ce poste
pour se mettre à la poursuite des vaincus, cinq fois plus
nombreux que les vainqueurs; et quand même il eût
détruit entièrement cette armée, il n'eût pas sauvé le
Canada, menacé sur divers points par des forces bien
supérieures aux siennes.

La flotte anglaise parut devant Québec en 1759, pendant que deux autres corps d'armée s'avançaient, l'un
sur Montréal, l'autre du côté des lacs. Montcalm, ne
pouvant s'opposer à leur marche, établit son camp près
de Québec, y vit accourir tout ce que la ville comptait
encore d'enfants ou de vieillards capables de tenir un
fusil, et, secondé par ses généreux soldats, qui préfé-
raient la mort à la honte, il soutint, pendant près de
trois mois, tous les efforts des Anglais. Le général Wolf,
qui commandait ces derniers, conçut enfin un projet devant lequel devait échouer la bravoure de son adversaire.
Il surprit le mot d'ordre donné aux sentinelles qui gardaient la rive gauche du fleuve Saint-Laurent, y fit débarquer son armée et s'empara d'une hauteur sur laquelle
il se hâta de se fortifier.

Montcalm, informé de ce mouvement, comprit tout
l'avantage de la position des Anglais. Ne songeant qu'à
les empêcher de s'abriter derrière des retranchements
aussi formidables que ceux dont lui-même avait fait
usage, il courut les attaquer, sans même attendre un
renfort qu'on lui amenait. Le succès a quelquefois justifié
de ces nobles imprudences; mais Montcalm eut affaire à

des gens obligés de se bien défendre, car la retraite leur était impossible.

Les Canadiens montrèrent une grande valeur; mais les Anglais les reçurent avec un feu si vif, si soutenu, que, peu habitués à combattre en rangs pressés, ils s'éparpillèrent sans toutefois cesser de faire usage de leurs armes. Wolf lança sur eux ses colonnes et combattit lui-même au fort de la mêlée, jusqu'à ce qu'une balle l'atteignît en pleine poitrine. Il eut, avant de mourir, la joie de voir ses soldats victorieux. Montcalm, blessé deux fois dès le commencement de l'action, n'avait pas cessé d'encourager les Canadiens par ses paroles et par ses exemples; mais, épuisé par la perte de son sang et accablé par le nombre des ennemis, il se vit enfin forcé d'ordonner la retraite. Ne pouvant plus espérer la victoire, il voulait du moins épargner le sang des braves qui l'avaient suivi et sauver l'honneur français en empêchant que cette retraite ne devînt une fuite. Il la dirigeait de son mieux quand un coup de feu le renversa de son cheval. On l'entoura, on lui donna des soins empressés; mais la blessure était mortelle. Il le vit à la consternation de ses officiers.

— Réjouissez-vous plutôt, leur dit-il, et félicitez-moi, car je n'aurai pas la douleur de voir les Anglais dans Québec.

Trois jours après la bataille, Québec se rendit; mais Montcalm reposait dans un trou de bombe où les Canadiens l'avaient enterré. Ces braves gens, sincèrement attachés à la France, luttèrent encore pendant une année, attendant des secours de la mère-patrie; mais ces secours, tant de fois demandés, ne vinrent point, et une flotte anglaise acheva en 1760 la conquête du Canada.

Cette même année, le chevalier d'Assas, capitaine au régiment d'Auvergne, s'immortalisa par son héroïque dévouement, à l'affaire de Clostercamp, en Allemagne.

Son régiment passant près d'un bois, pendant une nuit sombre, il crut devoir s'assurer qu'aucune embuscade n'était à craindre, et, s'en rapportant à lui-même mieux qu'à tout autre, il y entra sans bruit.

A peine s'y était-il engagé, qu'il fut entouré d'ennemis, et qu'une baïonnette s'appuya sur sa poitrine, pendant qu'on murmurait à son oreille :

— Si tu dis un mot, si tu jettes un cri, tu es mort....

— Feu ! Auvergne.... Feu ! c'est l'ennemi !... cria-t-il de toutes ses forces.

Il tomba percé de coups ; mais il avait sauvé son régiment.

La guerre pendant laquelle Montcalm s'était illustré dura sept ans et fut très-malheureuse pour la France, à qui elle enleva sa marine, ses colonies et le prestige de ses victoires passées.

La paix conclue en 1763 n'empêcha pas les Anglais d'accroître leur puissance dans les Indes. Ils conquirent tout le Bengale et obligèrent le Grand-Mogol à reconnaître leur autorité. Les établissements des Français dans ces contrées lointaines avaient perdu leur splendeur et ne pouvaient balancer le pouvoir toujours croissant de l'Angleterre. Aïder-Ali, qui s'était élevé sur le trône du Maïssour et qui s'était fait une haute réputation de bravoure et de sagesse, entreprit de mettre un terme aux conquêtes des Anglais. C'était le prince le plus puissant et le plus célèbre de l'Asie ; il commandait à deux cent mille hommes, disposait de richesses considérables, et avait reçu le surnom de Béhadour, qui signifie héros. Il excita l'indignation de plusieurs tribus indiennes, en leur représentant combien le désir de s'agrandir avait rendu les Anglais cruels et injustes; il appela l'attention des princes ses voisins sur les manœuvres de la Compagnie des Indes, et parvint à susciter de nombreux ennemis à l'Angleterre.

L'aide de la France manquait seule à Haïder-Ali pour assurer le succès de ses efforts contre les Anglais. Il ne pouvait compter sur cette alliée, tant qu'elle ne serait point en guerre avec l'Angleterre; mais en 1778, Louis XVI s'étant décidé à soutenir contre cette dernière puissance la révolte des États-Unis d'Amérique, le souverain du Maïssour prit l'offensive et battit les Anglais. Toutefois, les espérances qu'il avait fondées sur la France ne se réalisèrent pas immédiatement; il fut vaincu en plusieurs rencontres et ne put empêcher les vainqueurs de s'emparer de Pondichéry et de Négapatam. Trinquemalé, qui appartenait à la Hollande, ne leur résista pas non plus. Louis XVI, alors sérieusement alarmé sur le sort des comptoirs français, envoya dans les mers de l'Inde une escadre commandée par le bailli de Suffren.

Pierre-André de Suffren, né en 1726, avait fait preuve, dans plusieurs combats, d'une valeur et d'un sang-froid remarquables, lorsqu'il entra dans l'ordre de Malte, qui devait l'élever plus tard à la dignité de bailli.

Il était déjà commandeur quand il fit partie de l'escadre envoyée en Amérique par Louis XVI, sous les ordres du comte d'Estaing. L'amiral, connaissant sa bravoure et son habileté, le chargea d'aller attaquer cinq vaisseaux anglais dans la rade de Newport, et Suffren fit si bien, que, pour ne pas tomber entre les mains des Français, ces cinq vaisseaux allèrent s'échouer à la côte.

La flotte française enleva aux ennemis l'île de Grenade, la défendit contre l'amiral Byron, qui voulait la reprendre, et l'obligea de se retirer, après avoir essuyé de grandes pertes. La plus grande gloire de cette journée fut pour Suffren, qui combattit avec un admirable courage. Il étonna l'ennemi par son audace, la justesse de son coup d'œil, la précision de ses manœuvres. Son vaisseau, qui était à l'avant-garde, eut soixante hommes tués ou blessés; mais son exemple avait fait de ses matelots autant de héros.

Un convoi anglais, qui se rendait aux Indes, fut attaqué par Suffren en 1780. Tous les navires marchands qui le composaient furent pris; mais trois vaisseaux de guerre destinés à l'escorte du convoi s'échappèrent, leur marche étant supérieure à celle des bâtiments français. Cette circonstance engagea Suffren à adresser un rapport au ministre de la marine, pour lui signaler diverses améliorations à introduire dans la construction des vaisseaux de guerre.

C'est alors que les succès des Anglais dans l'Inde attirèrent sur ce point l'attention de Louis XVI. Cinq vaisseaux et deux frégates sortirent du port de Brest le 22 mars 1781, sous les ordres de Suffren, pour s'opposer au commodore Johnston, qui menaçait le cap de Bonne-Espérance. Suffren découvrit l'escadre ennemie dans la baie de Praya, y entra résolûment et combattit jusqu'à ce que, voyant son vaisseau criblé de boulets, il fut forcé de songer à la retraite. Il rejoignit alors six autres bâtiments; et comme les Anglais l'avaient suivi, il leur offrit le combat; mais, intimidés par sa fière contenance, ils s'éloignèrent pendant la nuit.

Le lendemain, dès l'aube, le commandeur de Suffren continua sa route vers le Cap, où il arriva avant l'amiral Johnston; ce qui mit ce dernier dans l'impossibilité de songer à s'emparer de ce point important. Après avoir ravitaillé la colonie, Suffren se rendit à l'île de France, où il trouva le comte d'Orves, qui l'attendait avec six vaisseaux, une frégate et quelques bâtiments de transport.

Les deux escadres réunies avaient mis à la voile le 7 décembre et se dirigeaient vers Madras, lorsque Suffren, séparé par un grain du reste de la flotte, se vit à portée du vaisseau anglais *l'Annibal*. Il n'hésita point à l'attaquer, s'en rendit maître et rejoignit les navires français, qui saluèrent par des cris de joie cette capture d'un heureux présage.

Les matelots adoraient Suffren, les officiers le respectaient; il était en réalité l'âme de l'expédition, lorsque la mort du comte d'Orves lui en laissa le commandement.

Il alla mouiller devant Madras, où se trouvaient neuf vaisseaux anglais, sous les ordres de l'amiral Edouard Hughes. Un combat s'engagea entre les deux escadres; mais une brume épaisse vint les séparer. Suffren se mit à la recherche des ennemis; il était impatient d'achever la victoire entrevue dans ce commencement d'action; mais la flotte anglaise avait disparu. Ce fut seulement le 12 avril qu'il la rencontra à la hauteur de Provedien, port de l'île Ceylan. Les Français se préparèrent gaîment au combat et s'avancèrent jusqu'à portée de mousqueterie. Les Anglais soutinrent l'attaque avec une valeur extrême; le vaisseau monté par Suffren fut si cruellement maltraité, que le commandeur fut obligé de passer sur un autre bâtiment. Cette terrible bataille dura cinq heures; elle se fût prolongée encore, et les Anglais, resserrés entre notre escadre et la terre, eussent sans doute été écrasés, si une tempête n'eût dispersé les combattants.

Les Français avaient eu l'avantage ; mais leurs vaisseaux avaient beaucoup souffert. Ils entrèrent, pour les réparer, dans un petit port de l'île Ceylan, et telle fut leur activité, que bientôt ils purent offrir encore le combat aux Anglais. Ceux-ci n'ayant pas jugé à propos de l'accepter, Suffren se disposa à marcher vers Gondelour, où il devait trouver Haïder-Ali.

Le célèbre empereur du Maïssour apprit avec une joie enthousiaste les succès de la flotte française.

— Enfin, s'écria-t-il, les Anglais sont donc vaincus ! On m'appelle Béhadour, mais ce nom convient à leur vainqueur mieux qu'à moi. Qu'il vienne, et nous exterminerons ensemble nos terribles ennemis ! Qu'il vienne, et nous les chasserons de l'Inde jusqu'au dernier !

En même temps il donna l'ordre d'écrire à Suffren que l'impatience qu'il éprouvait de le voir et de l'embrasser était si grande, qu'il allait se mettre, avec toute son armée, en route pour Gondelour, où, de son côté, le commandeur avait promis de se rendre.

Suffren fit mettre à terre, dans l'île Ceylan, un grand nombre de matelots atteints du scorbut, donna des ordres pour que les soins les plus assidus leur fussent prodigués et veilla sur eux avec une sollicitude toute paternelle. Il les visitait souvent, s'informait de l'état de chacun, les consolait par de touchantes paroles ; aussi sa présence était toujours accueillie comme celle d'un ange ; ces pauvres gens ne se lassaient pas de faire son éloge, et tous auraient volontiers donné leur vie pour sauver la sienne. Les officiers, moins dévoués, supportaient avec peine les privations et les fatigues de cette longue campagne. Ils murmuraient entre eux contre leur noble chef et parlaient tout bas de le forcer à quit-

ter ces parages, pour retourner à l'île de France. Suffren
en fut informé.

— Quel est celui d'entre vous, messieurs, leur dit-il,
qui oserait me proposer de déshonorer le pavillon français par une semblable lâcheté? Que celui-là le sache
bien, dussions-nous tous périr avec les vaisseaux qui
nous portent, je ne consentirai jamais à me retirer devant l'ennemi!

Quelques jours après, l'escadre fit voile vers Gondelour; mais Suffren était à peine débarqué, qu'il reprit
la mer pour courir sus aux anglais, dont il venait d'apprendre la présence dans les environs. Il les aperçut
bientôt, s'approcha d'eux et donna le signal du combat,
en attaquant le *Superbe*, commandé par l'amiral Edouard
Hughes. Suffren montait le *Héros*, et son équipage était
composé de l'élite des matelots. Le vaisseau du commandeur était toujours le plus exposé, on le savait; mais
l'affection que chacun éprouvait pour ce chef aussi bon
qu'intrépide était si grande, que tous briguaient la faveur de servir à son bord.

Le *Héros* et le *Superbe* échangèrent un feu terrible et
parfaitement soutenu; ils combattaient seuls d'abord;
mais l'action ne tarda point à devenir générale. Les
Français, enhardis par deux victoires, firent des prodiges de valeur. Ils maltraitèrent si cruellement leurs adversaires, que ceux-ci s'enfuirent, sans même attendre
leur amiral, qui continuait à lutter contre Suffren. Sir
Edouard Hughes, se voyant abandonné, fut obligé de
renoncer au combat et alla rejoindre sa flotte dans le
port de Négapatam.

Les vainqueurs se tinrent sur leurs gardes jusqu'au
lendemain, de crainte que l'ennemi ne revînt; mais
personne ne paraissant, Suffren, dont les vaisseaux

avaient besoin de réparations, donna l'ordre de retourner à Gondelour.

L'escadre commençait à s'éloigner, lorsque la vigie signala l'approche d'un parlementaire anglais. Suffren pensa que sir Hughes voulait traiter avec lui de l'échange des prisonniers, et l'on attendit son envoyé. Mais il ne s'agissait pas des prisonniers : l'amiral anglais écrivait à Suffren pour réclamer comme lui appartenant, en vertu des lois de la guerre, le vaisseau *le Sévère*, qui, pendant le combat de la veille, avait amené son pavillon.

— Si le *Sévère* s'est rendu aux Anglais, répondit Suffren, que sir Edouard Hughes vienne le chercher!

Il manda aussitôt les officiers de ce vaisseau, afin de savoir sur quels faits s'appuyait la réclamation des ennemis, et il apprit que la valeur de l'équipage avait seule empêché la perte du *Sévère*. Pendant le combat, ce bâtiment, de soixante-quatre canons, s'était trouvé si vivement pressé par deux vaisseaux anglais, que son capitaine, homme faible et timide, désespérant de leur échapper, s'était décidé à se rendre et avait ordonné d'amener son pavillon.

Deux jeunes gens qui servaient en qualité de volontaires déclarèrent qu'ils n'obéiraient point à cet ordre honteux, et, tandis que d'autres s'en chargeaient, ils coururent dans les batteries pour apprendre aux officiers ce que venait de faire le capitaine. Cette nouvelle fut accueillie avec incrédulité; mais on jugea cependant que la chose méritait d'être vérifiée. L'un de ces officiers, nommé Dieu, s'élança sur le pont, et, voyant le *Sévère* sans pavillon, il courut au capitaine pour essayer de le ramener à de plus nobles sentiments. Ce fut en vain. Le brave lieutenant, cédant alors à l'indignation qui bouillonnait en lui, s'écria :

— Vous avez fait amener votre pavillon, vous en aviez le droit; mais vous n'avez pas celui de nous déshonorer. Nous combattrons malgré vous, et nous mourrons tous plutôt que de nous rendre.

L'équipage applaudit. Le feu recommença, le drapeau français reprit sa place, le *Sévère* parvint à se dégager et fit de si grands efforts, qu'il mit en fuite ceux qui l'avaient attaqué.

Suffren félicita chaudement les officiers et les matelots de ce vaisseau ; toute l'escadre loua leur courage, et la généreuse conduite de M. Dieu excita un enthousiasme général. Quant au capitaine, on ne lui sut pas gré d'avoir combattu malgré lui; Suffren l'envoya à l'île de France, et les Français, qui ne laissent guère échapper l'occasion de placer un bon mot, dirent :

« Le capitaine du *Sévère* a voulu se rendre aux Anglais, mais Dieu ne l'a pas voulu. »

L'escadre revint à Gondelour, où un envoyé d'Haïder-Ali attendait Suffren, pour lui témoigner le désir que l'empereur du Maïssour éprouvait de le voir. Haïder-Ali avait fait, suivi d'une armée de quatre-vingt mille hommes, plus de cinquante lieues pour s'entretenir avec le vainqueur des Anglais. Dès que l'amiral apprit son arrivée à Bahour, il le fit saluer par l'artillerie de ses vaisseaux et de la place, et l'envoya complimenter par ses principaux officiers. Haïder-Ali députa vers Suffren le général Goulam-Ali-Khan, avec cinq cents cavaliers, qui devaient, ainsi qu'un bataillon de cipayes, servir d'escorte au commandeur, s'il lui plaisait de se rendre à l'invitation que l'empereur lui faisait de le venir voir à Bahour.

Suffren n'eut garde de refuser. Un magnifique palanquin avait été préparé pour lui ; ses officiers prirent place dans plusieurs autres que le prince avait aussi envoyés, et l'on se mit en marche vers le camp, où l'arrivée des Français fut saluée par des cris de joie, des acclamations et des roulements de tambours.

Suffren, pour se rendre à la tente impériale, traversa l'armée rangée en bataille et reçut tous les honneurs dus à un prince souverain. Haïder-Ali se leva dès qu'il l'aperçut, fit quelques pas au-devant de lui, l'embrassa et l'invita à s'asseoir à son côté sur de riches coussins. Mais, voyant aussitôt que le commandeur, affligé d'un embonpoint considérable, éprouvait quelque difficulté à s'asseoir comme les Orientaux, il le pria de ne pas s'astreindre à l'étiquette, qui, ajouta-t-il gracieusement, n'était pas faite pour les héros.

— Avant votre arrivée dans ces parages, lui dit-il, je me croyais un grand homme ; mais vous seul méritez ce titre, et je suis heureux de vous le donner.

Louis XVI, en l'envoyant aux Indes, l'avait chargé de combattre les Anglais partout où il croirait pouvoir le faire avec avantage, et de défendre ou de reconquérir les établissements hollandais, aussi bien que les colonies françaises. Fidèle à sa mission, Suffren fit ses préparatifs pour aller assiéger Trinquemalé, que les Anglais avaient enlevé à nos alliés. C'était un poste très-important ; et si l'on voulait s'en emparer, il fallait se hâter, car des renforts allaient partir de Madras pour venir au secours de la place.

Une lettre de félicitations que Suffren reçut du roi de France et une du grand maître de l'ordre de Malte, qui lui conférait le titre de bailli, auraient augmenté son ardeur, si elle eût eu besoin d'être stimulée ; mais le sentiment de l'honneur et du devoir était trop puissant dans le cœur de l'intrépide marin pour qu'aucun encouragement lui fût nécessaire.

Dès qu'il eut remis son escadre en bon état, il fit voile vers Trinquemalé et attaqua cette place avec une hardiesse et une valeur qui intimidèrent les Anglais et les empêchèrent de résister assez longtemps pour qu'on pût venir les délivrer. Le siége ne dura que cinq jours, et la reddition de Trinquemalé fut suivie de celle du fort d'Ostembourg. A peine le drapeau français était-il arboré sur cette côte, que la flotte anglaise parut. C'était trop tard : les Hollandais, rentrés à Trinquemalé, ne pouvaient plus en être chassés ; car Suffren était là pour les soutenir. L'ambassadeur de Hollande remit au bailli une épée, enrichie de diamants, témoignage de la reconnaissance de son gouvernement.

Suffren s'était acquis assez de gloire et s'était assuré des avantages assez sérieux pour ne pas risquer un nouveau combat ; mais, dès que l'escadre anglaise fut signalée, il donna l'ordre de marcher à sa rencontre. Ce n'était pas l'avis des officiers, et quelques-uns d'entre eux essayèrent de changer le projet de Suffren.

— Messieurs, leur dit-il, nous avons quatorze vaisseaux, et l'ennemi n'en a que douze : devant des forces supérieures, je me retirerais, puisque nous pouvons passer l'hiver dans la baie de Trinquemalé ; devant des forces égales, j'aurais de la peine à prendre ce parti ; mais contre des forces inférieures, il n'y a pas à balancer : il faut combattre.

Il marcha contre sir Edouard Hughes, qui, de son côté, désirait éviter le combat. Suffren, qui, *comme toujours*, était à l'avant-garde, donna par un coup de canon le signal à ses vaisseaux d'arriver au plus vite ; **mais ce**

signal ne fut pas compris, et, avant que les Français
fussent en bataille, les Anglais commencèrent à les fou-
droyer. Le *Héros*, qui portait Suffren, se trouva enveloppé avec l'*Ajax* et l'*Illustre* qui seuls l'avaient rejoint.
En vain pressa-t-il les autres vaisseaux de venir à son
aide, un calme arrivé subitement paralysa leurs manœuvres; et pour comble de malheur, un incendie terrible éclata à bord du *Vengeur*. Le bailli de Suffren, se
croyant abandonné du reste de l'escadre, résolut du
moins de faire payer cher aux ennemis les trois bâtiments dont il disposait. Bien décidé à mourir plutôt que
de se rendre, il sut inspirer le même dévouement à son
équipage.

Un feu terrible sortait sans relâche des flancs du
Héros. Suffren était partout; il commandait avec un
sang-froid admirable et une audace qui aurait suffi pour
électriser les plus timides. Les boulets ennemis sem-
blaient le respecter, mais tout tombait autour de lui. Les
cadavres de ses officiers et de ses matelots encombraient
son pont; ses mâts, coupés les uns après les autres,
s'abattirent avec fracas, et un long cri de joie parti des
vaisseaux anglais salua la chute du drapeau. Suffren
s'aperçut de cet accident et s'écria d'une voix terrible :

« Des pavillons! des pavillons! qu'on m'en apporte!
qu'on en couvre mon vaisseau ! »

Et, comme si l'empressement des matelots à exécuter
cet ordre était encore insuffisant, il se saisit de plusieurs
étendards, qu'il arbora lui-même sous le feu des ennemis. Les vœux du bailli se bornaient, dans ce péril
extrême, à mourir glorieusement. Il lui semblait impossible d'échapper aux Anglais ; mais son héroïque résistance donna le temps à l'escadre de le rejoindre enfin et
de l'aider à se dégager.

Le combat dura jusqu'à la nuit, sans que les Français pussent ressaisir l'avantage. Leurs vaisseaux étaient dans un état déplorable; mais ceux des Anglais avaient aussi beaucoup souffert. Ces derniers se retirèrent à Madras, pendant que Suffren rentrait à Trinquemalé pour y réparer ses avaries.

Quinze jours après, il reprit la mer et se rendit à Gondalour, où étaient ses vivres et ses munitions. Tant que l'armée d'Haïder-Ali avait occupé le territoire de cette ville, Suffren ne s'en était point inquiété; mais l'empereur du Maïssour venait d'être obligé de se porter vers le nord, et les Anglais, l'ayant appris, sortaient de Madras pour s'emparer de cette importante position. Dès que le bailli fut informé de leurs mouvements, il mit à la voile, et il eut la joie d'arriver assez tôt pour déjouer tous leurs projets.

L'époque de la *mousson* approchait; les deux escadres ennemies durent songer à s'assurer un abri pour l'hiver. On appelle mousson, dans ces parages, des vents périodiques qui rendent la navigation impossible sur les côtes du Coromandel. Les Anglais se rapprochèrent de Bombay, d'où ils espéraient rentrer en campagne bien avant les Français; car ils croyaient que ceux-ci iraient, suivant l'usage, hiverner à l'île de France, c'est-à-dire fort loin du théâtre de la guerre. Suffren se garda bien de commettre une si grande faute : il conduisit ses vaisseaux à Achem, dans la baie de Sumatra, en attendant qu'il pût les ramener sans danger vers les côtes de l'Inde. Il y trouva un asile pour ses malades et des provisions de toutes sortes; mais il ne s'endormit point dans l'abondance et le repos, car il savait que sir Edouard Hughes convoitait ardemment les conquêtes des Français.

Dès que la saison des tempêtes fut passée, il se mit en marche pour rejoindre le plus tôt possible des renforts dont on lui avait annoncé l'envoi. Il prit sur sa route quelques navires anglais, entre autres le *Conventry*, dont le capitaine lui apprit la mort de son allié Haïder-Ali.

Suffren approchait de Trinquemalé, lorsqu'il fut rejoint par le marquis de Bussy-Castelnau, qui lui amenait de l'île de France les renforts attendus; et à peine était-il entré dans cette baie, que l'escadre anglaise fut signalée. Suffren s'applaudit alors d'avoir fait diligence, car une heure de retard l'eût obligé à se mesurer contre des forces supérieures avec des vaisseaux battus par la tempête.

Le marquis de Bussy, qui devait agir de concert avec Haïder-Ali, se trouvant réduit à ses seules forces par la mort de ce prince, fut repoussé par les troupes anglaises jusqu'à Gondelour, que sir Edouard Hughes bloquait par mer. Sa situation était très-inquiétante, et, par la force des circonstances, il devenait, malgré toute sa bravoure, un embarras plutôt qu'une aide pour Suffren. Il n'avait d'autre secours à espérer que celui de l'escadre française, et, plein de confiance dans la valeur du bailli, il lui écrivit pour le prier de venir débloquer Gondelour. Les Anglais avaient dix-huit vaisseaux, et Suffren n'en avait que quinze; mais cette considération ne put l'arrêter. Il quitta aussitôt la baie de Trinquemalé, marcha résolûment à l'ennemi, parvint à l'inquiéter par d'habiles manœuvres, par des attaques sans conséquence, et le décida à lever le blocus sans avoir sérieusement combattu.

La ville, pressée de tous côtés, se croyait à la veille de tomber au pouvoir des Anglais, et Bussy lui-même

ne se flattait pas de pouvoir l'y soustraire ; aussi la joie
de l'armée et de la population fut extrême, lorsqu'on
vit les vaisseaux de la Grande-Bretagne remplacés dans
la rade par l'escadre française. Quand Suffren débar-
qua, le rivage était couvert d'une foule enthousiaste,
qui le salua comme son libérateur. Les Indiens disputèrent aux soldats français l'honneur de porter son palanquin, et il fit son entrée dans Gondelour au bruit
des plus sincères acclamations. Le marquis de Bussy alla
au-devant de lui avec son état-major, et le présenta aux
troupes en disant ces seuls mots :

— Voici notre sauveur !

Les cris et les vivats redoublèrent ; et quand Suffren
annonça qu'il allait faire débarquer une partie de ses
troupes pour les mener contre les assiégeants, chacun
jura de mourir plutôt que de se laisser vaincre. Sir
James Stuart, instruit de ces dispositions, crut devoir
discontinuer ses attaques. Peu de temps après, Suffren
apprit par un envoyé de l'amiral anglais que les préli-
minaires de la paix avaient été signés à Versailles le
9 février 1783. Il suspendit, en conséquence, les hostilités, mais il resta prêt à les recommencer jusqu'à l'arrivée d'une frégate française qui lui apporta les ordres
du roi.

D'après ces ordres, Suffren laissa sur les côtes de
l'Inde une partie de son escadre et ramena l'autre en
France. Pendant que ses vaisseaux relâchaient au cap
de Bonne-Espérance, il donna aux Anglais une nouvelle preuve de son habileté et de sa grandeur d'âme.
Leur flotte parut en vue du cap par une mer houleuse
et un vent contraire. Suffren, témoin de cette lutte
contre les éléments, reconnut qu'un de leurs vaisseaux
n'en pourrait sortir vainqueur ; les autres, trop occupés

de leur propre salut pour songer à le secourir, l'auraient laissé se perdre; mais Suffren ne voyait plus dans ses anciens ennemis que des frères en péril. Il ordonna de mettre toutes ses chaloupes à la mer, et, quand l'événement qu'il avait prévu arriva, les Français purent sauver tout l'équipage du vaisseau submergé.

Avant de quitter le Cap, il partagea avec les troupes françaises qui s'y trouvaient les richesses qu'il rapportait de l'Inde, et il fit bénir son nom par ces pauvres soldats, réduits depuis longtemps à de grandes privations.

Le 26 mars 1784, Suffren rentra dans le port de Toulon et y fut reçu avec les plus grands honneurs. Son absence avait duré trois ans; et, pendant ces trois années, il avait en toutes rencontres montré l'habileté d'un général consommé, la bravoure d'un soldat et la magnanimité d'un héros.

Suffren traversa la France au milieu d'une population heureuse d'applaudir à ses triomphes, et la cour ne se montra pas moins juste que le peuple. Le ministre de la marine, chargé de le présenter au roi, le conduisit à Versailles.

— Messieurs, dit-il aux gardes-du-corps en traversant la salle qu'ils occupaient au palais, c'est M. de Suffren.

Aussitôt tous ces jeunes et vaillants gentilshommes se levèrent avec respect, s'approchèrent de l'illustre marin pour le féliciter et l'accompagner jusqu'à la chambre royale. Louis XVI l'entretint longtemps de ses belles actions et créa pour lui une charge de vice-amiral. La reine voulut le présenter elle-même au dauphin.

— Mon fils, lui dit-elle, voici M. de Suffren. N'oubliez pas ce nom ; car c'est celui d'un héros, d'un brave défenseur de la France et du roi.

« Monsieur de Suffren, lui dit-il, je lisais la vie des grands hommes, lorsque vous êtes entré ; je vous remercie d'être venu pour m'en faire voir un. »

Suffren ne jouit pas longtemps de la gloire qu'il s'était acquise. La France entière le regretta, mais surtout les marins, dont il s'était fait chérir à tel point, qu'ils disaient : « Bon comme M. de Suffren. »

XII.

Coup d'œil sur les armées et la marine depuis 1789. — Hoche. — Marceau. — Jourdan. — Linois. — Dupetit-Thouars. — Infernet. — Lucas. — Ney. — Cambronne. — L'enseigne Bisson. — Le capitaine Dutertre.

Pendant que notre marine donnait au règne de Louis XVI un reste de splendeur, le trésor public était épuisé et la misère si grande par toute la France, qu'on ne savait quel parti prendre pour le remplir.

Les états généraux, convoqués pour chercher un remède à cette situation, firent plus qu'on n'attendait d'eux. Le 5 mai 1789, la Révolution, qui devait commencer pour les Français une ère nouvelle, sortit de cette Assemblée. L'égalité des citoyens devant la loi, leur admission à tous les emplois civils et militaires, furent décrétées, en même temps que tout ce qui rappelait l'ancienne condition des serfs fut aboli.

Les événements qui suivirent la proclamation de ces grands principes n'avaient pas encore brisé le trône ni amené la mort du roi, quand on apprit que les Prussiens menaçaient nos frontières. La patrie fut déclarée en danger. Aussitôt une multitude d'hommes de tout âge et de tout rang s'enrôlèrent pour la défendre, et l'on vit ces volontaires, encore indisciplinés et nullement aguerris, battre les envahisseurs à Valmy, les repousser et même pénétrer sur leur territoire.

Le lendemain de leur première victoire, la République fut proclamée.

Cette campagne n'était que le prélude d'une guerre dans laquelle toutes nos frontières furent attaquées à la fois, pendant que la Vendée et la Bretagne se soulevaient contre le nouveau gouvernement.

Des armées pleines d'enthousiasme s'organisèrent promptement, et des généraux qui n'étaient rien avant 1789, les commandèrent avec une valeur et une habileté dignes des plus beaux temps de la monarchie.

Nous ne jetterons aujourd'hui qu'un rapide coup d'œil sur cette époque de notre histoire; mais nous raconterons prochainement à nos jeunes lecteurs les hauts faits de tant d'hommes qui, arrivés au premier rang par leur mérite, avaient le droit de s'enorgueillir de leur origine plébéienne.

Hoche, un des plus braves et des plus sages capitaines de son temps, une des âmes les plus nobles et les plus désintéressées dont il soit possible de faire l'éloge, était fils d'un garde du chenil de Versailles; ce qui ne l'empêcha pas de remporter de grands succès, de pacifier la Vendée, autant par sa sagesse que par sa valeur, de gagner les batailles de Neuwied, d'Ukerath et d'Altenkirchen, à la tête de l'armée de Sambre-et-Meuse, dont il était adoré.

Le commandement de la seconde armée du Rhin venait aussi de·lui être confié, lorsqu'il mourut, avant d'avoir accompli sa trentième année. Ses funérailles furent honorées des larmes d'une foule immense.

Marceau, fils d'un procureur, s'était distingué dans un grand nombre de combats, et promettait d'être un véritable homme de guerre, lorsqu'il fut tué en Allemagne, à la bataille d'Altenkirchen. Il avait vingt-sept ans, et depuis trois ans déjà il était général.

Resté aux mains des ennemis après sa blessure, il en reçut des soins qui ne purent le sauver. Les deux armées le regrettèrent, et les honneurs militaires qu'elles lui rendirent, avec une égale pompe, furent un hommage à ses brillantes qualités.

Jourdan, colporteur de mercerie, devint aussi général. Il gagna la bataille de Fleurus, qui nous rouvrit la route de Bruxelles, rejeta les Autrichiens derrière la Meuse, et sut montrer autant de courage pour conjurer les suites d'une défaite que d'audace pour profiter d'un succès.

Beaucoup d'autres généraux, dont l'illustration, commencée sous la République, devait atteindre tout son éclat sous l'Empire, n'avaient pas une plus noble origine. Murat était le fils d'un aubergiste; Masséna, d'un marchand de vin; Augereau, d'un maçon; Lefebvre, d'un meunier; Ney, d'un tonnelier. Lannes était teinturier; Brune, typographe; Bessières, perruquier. Enfin, Napoléon Bonaparte, leur maître à tous, n'était, en 1785, qu'un simple lieutenant d'artillerie.

L'admission de tous les citoyens aux emplois civils et militaires, jusque-là réservés à la noblesse, avait mis au cœur des soldats de la République le sentiment de leur dignité, le désir de se distinguer, l'espoir de parvenir comme tant d'autres. Cette louable émulation fit la force de nos armées.

En 1795, par un hiver terrible, on vit ces braves soldats, sans rations, sans paye, sans chaussures, presque nus, plusieurs même n'ayant pour tout vêtement qu'une ceinture de paille grossièrement tressée, s'arrêter à peine dans les villages où ils auraient du moins pu trouver un abri, s'avancer vers le cœur des Pays-Bas, en combattant sans relâche. On les vit entrer dans Amsterdam le 20 janvier, et là, attendre plusieurs heures, sans une plainte, sans un murmure, qu'on leur distribuât des vivres.

Cinq cent mille hommes avaient été levés à deux reprises en 1793, pour sauver la France de l'invasion. Cinq ans après, il n'en restait plus guère.

Pour remplir les vides causés par les batailles et les congés, une nouvelle loi, venue jusqu'à nous sous le nom de conscription, obligea tout Français à servir son pays, de vingt à vingt-cinq ans, en temps de paix. En temps de guerre, la durée du service était illimitée.

Avec plus de discipline et non moins de valeur, les armées de l'Empire portèrent par toute l'Europe nos drapeaux triomphants. Napoléon, doué du génie de la guerre, s'entoura des généraux que la République avait formés, sut en choisir de nouveaux et inspirer à ses soldats autant de confiance que d'admiration.

Cependant, tous ses efforts pour relever notre marine demeurèrent inutiles. On n'improvise pas une flotte comme une armée; on devient plus facilement un bon général qu'un homme de mer comme Duquesne ou Tourville.

A la mort de Louis XVI, d'habiles officiers de marine s'étaient retirés du service, d'autres avaient été déclarés suspects; aussi n'en restait-il plus qu'un petit nombre.

Dans les combats qu'elle eut à livrer, notre flotte montra son ancien héroïsme; mais, souvent mal commandée, elle ne retrouva plus ses succès, et les Anglais redevinrent les maîtres de la mer.

Le capitaine Durand de Linois, qui avait servi sous le bailli de Suffren, soutint, sur la frégate l'*Atalante*, réduite à ne se servir que de deux de ses canons, l'attaque d'un vaisseau anglais de soixante-quatorze pièces d'artillerie. Ce vaisseau le poursuivit pendant deux jours et deux nuits, après lesquels le combat recommença.

Les matelots, pleins d'ardeur, demandèrent à clouer le pavillon au mât. Linois céda à leurs instances; aussi, quand l'équipage, si longtemps en butte aux coups du vaisseau ennemi, pria le capitaine d'amener ce pavillon, il répondit :

— Il restera cloué, puisque vous l'avez voulu.

Cependant il arriva un moment où la défense devint impossible; mais alors un boulet coupa la corne d'artimon et jeta le pavillon à la mer.

L'*Atalante* sombrait. Des barques anglaises vinrent recueillir L'équipage. Le capitaine, auquel Linois présentait son épée, lui dit :

— Gardez-la. On ne désarme pas un brave comme vous.

Pendant que notre armée de terre, aux ordres du général Bonaparte, commençait la conquête de l'Egypte, l'amiral Brueys perdit, par son imprudence, la bataille d'Aboukir, contre le fameux amiral anglais Nelson. Atteint de deux balles, il ne voulut pas quitter son poste de commandement, et il y fut coupé en deux par un boulet.

La plupart des capitaines avaient noblement fait leur

devoir; mais le véritable héros de cette journée fut le commandant du *Tonnant*, Aubert Dupetit-Thouars. Le vaisseau-amiral ayant sauté, le *Tonnant*, qui l'avait soutenu jusque-là, se vit entouré d'ennemis, auxquels il était impossible qu'il résistât.

Aubert Dupetit-Thouars, pressé de se rendre, ne répondait qu'en redoublant d'ardeur au combat. Un coup de canon lui enlève le bras droit.

— Vive la République! s'écrie-t-il. Camarades, au feu!

Un second coup lui emporte le bras gauche; il répète ce cri, et l'entend avec joie retentir d'un bout à l'autre de son vaisseau.

Les boulets tombaient comme grêle sur le *Tonnant*. Le commandant a une jambe enlevée. Il se sent mourir; mais il ne faiblit point. Pour arrêter son sang qui coule à flots, il se fait placer dans un baquet de son.

— Compagnons, dit-il, jurez-moi de vous laisser couler bas plutôt que de vous rendre, et de jeter mon corps à la mer, si le *Tonnant* est pris à l'abordage.

Quelques instants après, il s'affaisse, en murmurant encore:

— Au feu! Vive la République!

La victoire d'Algésiras, remportée par Durand de Linois, lui fit le plus grand honneur, ainsi qu'au commandant Troude, qui, monté sur le *Formidable*, mit en fuite trois vaisseaux anglais.

Dans les Indes et en Amérique, de vaillants officiers de marine et d'intrépides corsaires, au nombre desquels il faut citer Surcouf, donnaient la chasse aux navires ennemis, et les attaquaient sans s'inquiéter de leur force.

Linois, envoyé dans la mer des Indes avec une petite

division, fit éprouver de grandes pertes aux Anglais ;
mais il alla donner, pendant une nuit sombre, au milieu
de sept vaisseaux ennemis, et, malgré son héroïque résistance, il fut fait prisonnier et emmené en Angleterre,
où on le retint jusqu'en 1814.

Une paix, ou plutôt une trêve, qui dura quatorze mois,
fut signée entre l'Angleterre et la France. L'Angleterre
la rompit, en nous enlevant plusieurs frégates. Notre
flotte comptait encore un nombre respectable de vaisseaux ; mais la plupart, mal gréés, mal armés, souvent
mal commandés, n'inspiraient plus à nos ennemis qu'une
crainte médiocre.

La bataille de Trafalgar acheva de ruiner notre marine ; mais elle coûta à l'Angleterre son plus habile
homme de mer, l'amiral Nelson. Une balle partie du
Redoutable le frappa en pleine poitrine. Le capitaine
Lucas, qui commandait ce vaisseau, profite du trouble
causé par la chute de Nelson pour s'élancer à l'abordage
du vaisseau-amiral ; mais celui-ci reçoit du secours, et
Lucas, blessé, perd deux cents hommes en quelques instants. Trois cents autres sont encore mis hors de combat. Lucas tient tête à trois vaisseaux, mais les mâts de
l'un d'eux, que le *Redoutable* vient d'abattre, tombent
sur son pont, l'écrasent et entraînent son grand mât.
Toute résistance devient impossible ; mais un boulet,
abattant le pavillon, épargne à Lucas la douleur d'ordonner qu'on l'amène.

Nos meilleurs capitaines tombèrent glorieusement à
leur banc de quart. Le commandant de l'*Intrépide*, le
brave Infernet, rivalisa de bravoure avec Lucas.

— Qui n'est pas au feu n'est pas à son poste, cria-t-il
en se détachant d'une division qui s'éloignait du combat.

Il lutta d'abord contre deux vaisseaux, puis contre
cinq, et enfin contre sept.

Quelqu'un lui disant que ses efforts seraient inutiles, il abattit d'un coup de sabre la pomme de bois qui terminait la rampe de l'escalier.

— Voilà, dit-il, ce que je ferai de quiconque parlera de se rendre.

Cependant, après deux heures d'un combat terrible, l'*Intrépide*, n'ayant plus ni mâts, ni batteries, et ne comptant plus qu'un petit nombre de défenseurs, dut renoncer à cette lutte héroïque.

Les vaisseaux échappés à ce désastre furent peu à peu capturés ou détruits par les Anglais, qui les poursuivaient sur toutes les mers.

En 1812, l'élite des équipages de la marine fit partie de l'armée avec laquelle Napoléon marcha contre la Russie. Cette magnifique armée n'y fut pas une seule fois vaincue ; mais, après l'incendie de Moscou, le froid et la faim rendirent plus meurtrière que les combats la retraite de nos soldats, à travers un pays dévasté.

Le héros de cette retraite fut le maréchal Ney, le brave des braves, dont l'âme était trempée d'acier, disait Napoléon. A la tête d'une poignée d'hommes encore en état de se défendre, il protégeait les autres, et, le fusil à la main, comme un simple soldat, il repoussait les Russes, qui ne cessaient de harceler nos colonnes épuisées.

Une nouvelle armée combattit à Lutzen et à Bautzen avec tant de vaillance, que l'empereur s'écria :

— Ah ! mes jeunes soldats ! L'honneur et le courage leur sortent par tous les pores.

Un tiers seulement de cette seconde armée revit la France, qui, bientôt après, fut envahie par les troupes étrangères.

Avec leur aide, Louis XVIII prit possession du trône.

Une tentative faite par Napoléon pour rétablir l'empire vint échouer à Waterloo. Cette célèbre bataille, commencée à onze heures du matin, durait encore à neuf heures du soir. Les Français espéraient la victoire, quand un renfort de trente mille Prussiens, puis un autre de trente-six mille, arrivèrent aux quatre-vingt-dix mille Anglais contre lesquels l'action s'était engagée.

Il faisait nuit, et la garde impériale continuait à se battre avec l'acharnement du désespoir. Cinq bataillons venaient d'être écrasés par des ennemis trente fois plus nombreux. Le sixième est sommé de se rendre. Cambronne, qui le commande, répond par un seul mot, dont l'histoire a fait cette phrase héroïque :

« La garde meurt et ne se rend pas. »

Cette défense prolongée permit à Napoléon de s'échapper. Il n'avait pas encore perdu tout espoir ; mais bientôt il se vit forcé d'abdiquer, puis de quitter la France. Relégué par l'Angleterre à l'île Sainte-Hélène, il y mourut en 1821.

Louis XVIII remonta sur le trône en 1815 et régna paisiblement. On ne peut regarder comme une vraie bataille l'affaire de Navarin, dans laquelle l'Angleterre, la Russie et la France, unies pour défendre la Grèce, écrasèrent, avec vingt-cinq vaisseaux ou frégates, cent quatorze bâtiments turcs. Ceux-ci ayant attaqué les premiers, force fut à la flotte alliée de répondre à leur feu ; mais la victoire fut trop facile pour être bien glorieuse.

Quelques jours après ce combat, une corvette française prit, sur les côtes de Syrie, un brick monté par des pirates grecs. La garde de ce bâtiment, appelé le *Panayoti*, fut confiée à l'enseigne de vaisseau Bisson.

La corvette et le brick devaient naviguer de conserve ;

mais une tempête les sépara et obligea le *Panayoti* à se réfugier dans la baie de Stampalu. Des six pirates qui étaient restés à bord, deux se jetèrent à la nage et gagnèrent la côte.

Dès que Bisson en fut informé, il devina que ces hommes allaient chercher du secours et ne tarderaient pas à revenir l'attaquer. Il fit ses préparatifs de défense, et, au moment d'aller prendre un peu de repos, il appela son pilote.

— Tremintin, lui dit-il, les bandits veulent nous arracher le brick. Ils ne l'auront pas, moi vivant; mais si je meurs avant d'avoir pu le sauver, tu jures de mettre le feu aux poudres?

— Je le jure, répondit le pilote.

Bisson dormait à peine, qu'il fut réveillé par de grands cris. Deux bâtiments, portant chacun soixante-dix hommes, s'avançaient contre le *Panayoti*, qui n'en avait que quinze à leur opposer. Malgré le courage de ces braves, les pirates s'élancèrent à bord.

— Ami, dit l'enseigne au pilote, quand il vit tout perdu, tâche de gagner la terre avec ceux des nôtres qui vivent encore. Hâte-toi, je me charge du reste.

Tremintin refusa de s'éloigner, et une poignée de main fut échangée entre le pilote et l'officier.

Celui-ci descendit les quelques marches qui le séparaient des poudres et y jeta une mèche allumée. Une formidable explosion retentit : le *Panayoti* sauta, entraînant dans sa ruine l'héroïque jeune homme et les bandits dont il n'avait pu triompher.

Tremintin, violemment lancé à terre, survécut à une grave blessure, et put, en racontant ces faits, assurer à l'enseigne Bisson une gloire immortelle.

Charles X, successeur de Louis XVIII, ne devait pas

mourir sur le trône; mais, avant de quitter pour la seconde fois la terre de France, il avait commencé la conquête de l'Algérie.

Cette conquête a coûté beaucoup de sang et d'argent; mais l'Algérie est devenue notre plus belle colonie. La longue guerre qui nous l'a value a été marquée par de brillants combats, des assauts meurtriers et des faits d'armes glorieux. Ainsi, on se rappellera toujours qu'à Mazagran, cent vingt-trois Français luttèrent pendant cinq jours contre quinze mille Kabyles et les forcèrent à se retirer.

Des actes d'un dévouement héroïque accomplis alors méritent aussi de rester populaires. Nous n'en citerons qu'un entre mille.

Depuis longtemps Abd-el-Kader tenait nos troupes en échec, lorsque, trompés par de faux renseignements, quatre cents hommes sortirent de Ghazouat, et s'avancèrent, pour prendre l'émir, jusqu'au ruisseau de Sidi-Brahim. Là, ils rencontrèrent les ennemis en grand nombre et les attaquèrent avec résolution. Mais au bout de la fusillade, une multitude d'Arabes vinrent renforcer les premiers, et, après trois heures d'un combat acharné, quatre-vingt-trois Français, qui seuls restaient des quatre cents, se retirèrent dans un marabout, sorte d'ermitage voisin, pour s'y défendre encore.

Abd-el-Kader se fit amener les prisonniers, et, choisissant parmi eux le capitaine Dutertre, il le chargea d'aller engager ses compatriotes à se rendre.

— Va, lui dit-il, et n'épargne rien pour les décider à une prompte soumission; car, s'ils s'obstinent à combattre, je te ferai décapiter.

Dutertre ne fit aucune objection; mais, arrivé près des Français, il leur dit :

— Courage, mes amis! Mourez tous, s'il le faut, pour la gloire de notre drapeau.

Une acclamation fut la réponse de ces braves.

— Eh bien! demanda Abd-el-Kader au capitaine, as-tu réussi dans ta mission?

— Oui, répondit Dutertre. Je leur ai dit de se faire tuer plutôt que de se rendre, et tu peux compter qu'ils ne se rendront pas.

L'émir, n'écoutant que sa colère, ordonna que le brave officier eût la tête tranchée, et celui-ci mourut en criant :

— Vive la France!

Pendant la guerre de Crimée et celle d'Italie, nos soldats soutinrent vaillamment l'honneur des armées françaises. On retrouva en eux le courage héroïque, la touchante générosité des plus brillantes époques de notre histoire, et nos ennemis, aussi bien que nos alliés, leur rendirent un éclatant témoignage.

En 1870, la France, imprudemment engagée dans une guerre à laquelle rien ne l'avait préparée, a été écrasée plutôt que vaincue. Elle a pris le deuil en signant le traité qui lui enlevait deux de ses plus belles provinces, et elle pleure encore au souvenir des douleurs de l'invasion; mais les larmes d'une mère la rendent plus chère à ses enfants.

Salut donc, ô France, noble et vaillante patrie! Soit dans la paix, soit dans la guerre, compte à jamais sur notre amour et notre dévouement.

FIN.

TABLE.

——

FIN DE LA TABLE.

Rouen. — Imp. MÉGARD et Cie, rue Saint-Hilaire, 136.

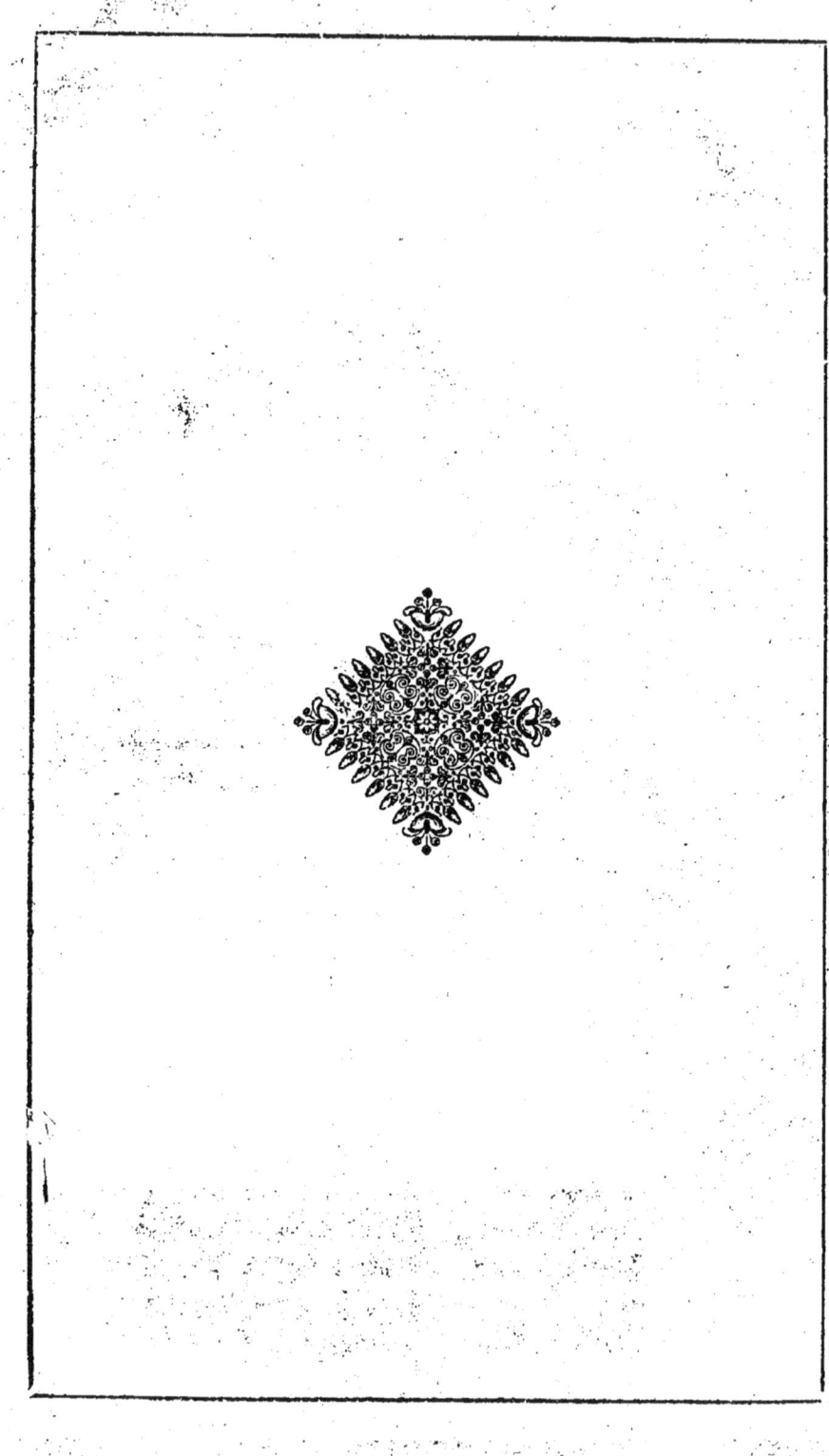

www.ingramcontent.com/pod-product-compliance
Lightning Source LLC
Chambersburg PA
CBHW061457030726
47503CB00005B/1740